계속해보겠습니다

계속해보겠습니다

초판 1쇄 발행 • 2014년 11월 5일
초판 29쇄 발행 • 2024년 12월 17일

지은이 / 황정은
펴낸이 / 염종선
책임편집 / 윤자영
펴낸곳 / (주)창비
등록 / 1986년 8월 5일 제85호
주소 / 10881 경기도 파주시 회동길 184
전화 / 031-955-3333
팩시밀리 / 영업 031-955-3399 · 편집 031-955-3400
홈페이지 / www.changbi.com
전자우편 / lit@changbi.com

계속해보겠습니다

황정은
장편소설

창비

차례

小蘿

내 이름은 소라.

소라의 라는 미나리 라蘿. 본래 열매 라苿를 사용할 예정이었으나 호적에 이름을 올리러 간 할아버지의 실수로 미나리가 되었다. 생전에 미나리를 즐겨 드셨다고 하니 실수고 뭐고 다만 취향의 반영인지도 모르겠다. 그도 그럴 게 라蘿와 라苿는 형태 자체가 다르지 않아? 도저히 헷갈렸다고는 할 수 없는 글자들이잖아요, 할아버지. 할아버지에 관해 기억하는 바는 별로 없다. 내가 두살이 되던 무렵 강에서 잡은 물고기를 먹고 간염으로 돌아가셨으므로 기억이고 자시고 남을 기회가 없었다. 전해들은 내용으로는 보통 몸집에 완력도 보통, 생활력도 보통, 무엇을 하든 보통이라는 평가를 듣고 산 남자였다고 한다.

있지.

네 할아버지는 강에서 잡은 물고기를 먹고 죽은 것이 아니야,라고 어머니는 말했다.

홍수가 있었거든.

홍수가 나서 많은 집이 떠내려가고 사람들이 죽었거든. 네 할아버지는 그 난리 통에 낚시를 했단다. 집이며 짐승이며 사람이 쓸려가고 있는 흙탕물에 낚싯대를 던져두고 고기를 잡았단다. 그 물에서 건진 물고기를 먹고 죽은 거란다. 물에 휘말린 사람들을 생각해보렴. 오죽이나 원통했겠니. 오죽이나 고통스러웠겠니. 그런 물에 낚싯바늘을 담근 사람이라서, 급사한 거란다. 네 할아버지는 그 낚싯바늘에 뺨이나 등을 긁힌 사람들의 원한을 먹고 죽은 거야.

어머니의 이름은 애자.

나나와 나는 어머니를 어머니라고 부를 때보다도 애자,라고 부를 때가 많다. 애자는 애자라고 불러야 애자답다. 애자의 애는 사랑 애愛. 그 이름 그대로 사랑으로 가득하고 사랑으로 넘쳤다.

애자가 가장 애자다운 사랑으로 넘쳤을 시절은 아무래도 아버지와 연애하던 때였을 것이다. 나나와 나는 애자로부터 숱하게 그 시절의 이야기를 들었다. 여름에 시작된 연애였으므로 여름에 관한 이야기가 많았다. 백년에 한번 있을까 말까 한 규모로 태풍이 불었단다.

간판들이 날아가고 전신주가 넘어지고 가로수가 뽑혀나갈 정도로 바람이 불었단다.

그 바람 속을 둘이서, 옷자락 한번 날리지 않고 걸었단다. 바로 눈앞에서 부러진 가로수를 넘기도 하면서 우산을 쓰고 계속 걸었단다. 바람에 휘말린 잔나뭇가지들이 뼈처럼 화살처럼 날아다니는 길을 조금도 다치지 않고, 걸었단다.

뭘 하며 걸었어?

라고 내가 물은 적이 있었다.

애자는 한참 생각에 잠겨 있다가 이야기했지,라고 대답했다.

무슨 이야기를 했는지 어느 것 하나 기억나는 것은 없지만 끝없이, 끝없이 이야기를 하며 걸었다는 것이다. 그렇게 많은 이야기를 하고도 기억나는 것이 없느냐고 재차 묻자 그건 말이지,라고 애자는 말했다.

너무 소중하게 너무 열심히 들어서 기억에 남지 않고 몸이 되어버린 거야.

몸?

들었다기보다는 먹은 거야. 기억에도 남지 않을 정도로 남김없이 먹고 마셔서, 일체가 되어버린 거야.

아침에 먹은 우유 한모금이 피가 되고 근육이 되는 것처럼, 그 이야기들이 전부, 내 피가 되고 뼈가 된 거야,라고 말한 뒤 애자는 자기가 한 말을 생각해보는 듯한 모습으로 다시 생각에 잠겼다.

연애하던 시절의 애자를 볼 수 있는 사진이 한장 있다.

애자는 사진 속에서 젊고 예쁘고 웃는다.

놀이공원에서 찍은 사진으로 알록달록한 차양 아래를 걷느라고 얼굴에 오렌지색 그늘이 져 있다. 입을 대고 빨면 달게 녹을 듯한 빛깔의 회전목마를 등진 채 사진을 찍는 사람 쪽으로 턱을 치켜들고 환하게 웃는 모습이다. 목을 향해 둥글게 말아넣은 단발머리가 귀엽게 흩어져 있고 피부는 희고 눈썹은 검고 입술은 붉다. 이야기 속의 백설 같다. 백설 같은 애자의 곁에 아버지가 있다. 찍히는 순간 움직였거나 움직이는 순간 찍혔거나 사진 오른쪽 모서리로 반쯤 빠져나간 채 흐릿한 옆얼굴을 보이며 웃고 있다. 이것 말고 나나와 내게는 아버지의 사진이랄 것이 없다. 애자가 전부 치워버렸다. 먹었나,라고 생각할 때도 있다. 애자의 몸이 되어버린 이야기와 같은 방식으로 그 사진들도 전부 애자의 몸이 되었나.

사진 속에서 아버지는 이가 드러날 정도로 웃고 있으니 소리를 내며 웃었을 것이다. 나는 이 사진을 보면 그가 어떤 소리로 웃었는지, 목소리는 어땠는지를 생각하게 된다. 애자의 피가 되고 뼈가 된 목소리란 어떤 목소리일까. 열살 때까지는 함께 살았으므로 어렴풋하게나마 나는 그의 목소리를 기억하고 있을 것이다. 그 무렵 가지고 놀던 장난감이나 자주 신고 다닌 쌘들도 기억하고 있으니 그의 목소리도 기억하고 있을 것이다.

이런 목소리일 것이다.

이런 목소리일 것이다,라고 여기는 어떤 톤의 목소리를 이따금 떠올리고는 하지만 그 목소리를 틀림없는 아버지의 목소리,라고 우길 자신은 없다. 열살 때까지는 함께 살았으니까 수백번은 나를 부르는 소리를 들었을 텐데도 지금 나는 그의 음성을 제대로 떠올리지 못한다. 세월이 흐르는 동안 수많은 소리들에 희석되어 사라져버렸다. 소라야,라고 불렀겠지,라고 생각하며 흉내를 내는 셈 치고 그의 목소리를 생각해보아도 소용없다.

소라야.

하고 종이에 적힌 검은 문장으로 떠오를 뿐이다.

아버지의 이름은 금주.

성이 김이었으므로 금金을 두번 사용해서 김금주金金紬.

여자 같은 이름이네,라는 소리를 꽤 들으며 자랐을지도 모르겠다.

그는 나나와 내가 각각 아홉살과 열살일 때 죽었다. 공장에서 일하다가 거대한 톱니바퀴에 말려들었다. 상반신이 갈려 나왔으므로 공장에 남은 직원을 모아 점호를 해보고서야 사고를 당한 사람이 누구인지를 알 수 있었다고 한다.

나나와 나는 이런 이야기를 애자로부터 들었다.

있지.

넷이서 행복해지자며 쉬지도 않고 열심히 일했는데.

가엾어.

어째서 그렇게 열심히 산 걸까.

애자는 나나와 나에게 그 이야기를 반복해서 들려준 뒤, 언제고 그런 식으로 중단될 수 있는 것이 인생이라고 덧붙였다. 너희의 아버지는 비참한 죽음을 맞았지만 그가 특별해서 그런 일을 겪은 것은 아니란다.

그게 인생의 본질이란다.

허망하고.

그런 것이 인간의 삶이므로 무엇에도 애쓸 필요가 없단다.

나는 올해 사진 속 애자의 나이가 되었다.

애자는 여전히 예쁘지만 더는 젊지 않다. 늙었다는 의미는 아니다. 늙었다기보다는 다만 말라가고 있다. 팔뚝이 말랐다거나 몸이 여위었다는 의미도 아니고, 애자의 어딘가에 머물고 있을 비물질적인 부분이 마르고 있다는 의미다. 날마다 마르고 말라서 조그맣게 졸아들었다. 애자가 양지바른 곳에 다만 앉아 있을 때 어깨를 쥐고 흔들면 갈비뼈 틈에서 호두알 같은 것이 달그락 소리를 내며 구를 것 같다.

아무래도 좋을 일과 아무래도 좋을 것.

살아가려면 세계를 그런 것으로 가득 채우는 것이 좋다고 애자는 말한다. 나나와 내가 어릴 때부터 그녀는 그런 이야기를 수없이 들려주었다. 애자의 이야기는 부드럽고 달다. 부드럽고 달게, 그녀는 세계란 원한으로 가득하며 그런 세계에 사는 일이란 고통스러울 뿐이라고 말한다. 모두가 자초해서 그런 고통을 받고 있다고 말한다. 필멸, 필멸, 필멸일 뿐인 세계에서 의미있는 것은 아무것도 없는데. 애쓸 일도 없고 발버둥을 쳐봤자 고통을 늘릴 뿐인데. 난리법석을 떨며 살다가도 어느 순간 영문을 모르고 비참하게 죽기나 하면서. 그밖엔 즐거움도 의미도 없이 즐겁다거나 의미있다고 착각하며 서서히 죽어갈 뿐인데. 어느 쪽이든 죽고 나면 그뿐일 뿐인데.

죽고 나면 그뿐,이라면서 세계엔 원한이 가득하다고 애자는 말한다. 그뿐,이라면 원한이고 뭐고 남을 것이 있나. 듣고 보면 묘하게 모순이 있는데도 듣다보면 말려든다. 이런 이야기에 말려드는 것은 좋지 않아,라고 생각하면서도 말려든다. 들을 당시에는 깨닫지 못한 채로 듣다가 시간이 흘러서야 아차, 말려들었다,라고 깨닫는다. 애자의 이야기는 대부분 그렇다. 달콤하게 썩은 복숭아 같고 독이 담긴 아름다운 주문 같다. 애자의 이야기를 들으면 귀를 통해 흘러든 이야기의 즙으로 머릿속이 나른해진다. 애자가 일러주는 이야기처럼 만사를 단념하고 흐르게 된다. 사는 것 자체가 고통스러운 일이므로 고통스러운 일이 있더라도 특별히 더 고통스럽게 여길 것이 아니라는 이야기는 특별히 더 달콤하다. 고통스럽더라도 고통스럽지 않다. 본래 공허하니 사는 일 중엔 애쓸 일도 없다. 세계는 아무래도 좋을 일과 아무래도 좋을 것으로 가득해진다.

아무래도 좋은 것뿐인 세계에는 아낄 것도 없고 소중할 것도 없지.

나는 최근에 그런 생각을 하기 시작했다.

내 이름은 소라.

소라의 라는 미나리 라蘿.

본래 열매 라蓏를 사용할 예정이었으나 호적에 이름을 올리러 간 할아버지의 실수로 미나리가 되었다,라는 이야기는 애자로부터 들 었으므로 사실이 아닐 수도 있다는 생각을 최근에 하게 되었다.

열매고 뭐고, 나는 본래 미나리인지도 모른다.

*

눈이 부셔서 똑바로 바라볼 수 없을 정도로 아름다운 단풍잎을 보 았다.

꿈에서.

바람이 불고, 붉은 잎들이 사각거리는 소리도 들었는데 꿈에서 깨 고 보니 꿈이었다.

누군가의 꿈을 대신 꾼 것일지도 모르겠다,라는 생각이 든 것은 단 풍 꿈을 꾸고도 하루가 지난 뒤였다. 하루가 지나고도 잊히지 않을 정도로 선명해서, 그런 꿈을 꾸었다고 말하자 나나는 태몽일지도 모른다고 말했다. 섹스를 한 지도 일년이 넘었으니 내 경우는 생각 해보지도 않았다. 무심코, 나나인가,라고 생각하며 나나를 보았다. 나나는 속을 알 수 없는 표정으로 보리차를 마신 뒤 단풍이면 딸인가,라고 말했다.

어째서?

빛깔이 화려하니까.

그럼 아들이지, 화려한 건 대체로 수컷이니까.

대화가 이렇게 진행되는 바람에 혹시 너니,라고 묻지도 못하고 그
대로 출근하게 되었다. 정류장에 나란히 서 있다가 각자의 노선으
로 버스를 타고 만 것이다. 가만히 앉아 생각할수록 아침의 대화가
의미심장하게 여겨졌지만 그대로 내려 나나를 쫓아갈 수도 없어서
늘 내리곤 하는 목적지에서 내렸다. 버스가 달려온 도로를 따라 오
십 미터만 더 가면 도경계 표석이 있는 동네였다. 단 하나의 노선만
적힌 버스 안내판 아래 서 있다가 넓고 완만한 비탈을 올라갔다.

이 근처는 오래전 이주를 목적으로 만들어진 동네였다. 비슷한 시
기에 아마도 같은 건설사를 통해 지어진 듯 대문의 방향이나 지붕
의 모양이 같은 집이 많았다. 오래된 동네지만 다락방과 마당이 딸
린 집들이 비교적 깔끔한 상태로 길을 이루고 있었고 길은 어디나
반듯해서 어설프게 허물어진 모퉁이 같은 것이 없었다. 봄이 되면
흔하게 벌어지는 재건축도 없어서 신기하다고 생각했는데 법으로
제한되어 있기 때문이라는 이야기를 조은건설사의 사장에게 들었
다. 그는 내 상사였다. 동네가 이렇게 깨끗한 것도 어떻게든 있는
것을 가지고 아껴가며 살아야 하기 때문일까. 어쨌거나 격자의 도
열. 높은 곳에서 보면 그건 어떨까. 숨 막힐까. 아름다울까. 역시, 숨
막힐까. 그런 생각을 하며 걸었다. 방금 뿌린 물로 바닥이 젖어 있

었는데 물을 뿌린 사람은 집 안으로 들어갔는지 보이지 않았다. 다른 때와 다름없이 고요했다. 처음 면접을 보러 왔을 때는 이런 한적하고 외진 주거지역에 덤프트럭 임대업을 하는 건설사무실이 있을까 싶었지, 하고 걸으며 생각했다. 조은건설사는 그 길의 막다른 곳에 있었다. 야트막한 산을 파고든 공간으로 본래는 가정집에 딸린 차고나 창고였을 것이다. 위쪽 비탈에서 자란 담쟁이덩굴이 입구로 늘어져 있었고 덕분에 참호나 대피소처럼 보였는데 나는 그런 인상이 싫지 않았다.

나보다 먼저 출근한 사람이 있어서 조은건설사,라는 글자를 붙여둔 문이 열려 있었다. 이사님일 거라고 짐작했고 바로 이사님이었다. 책상 앞에 비스듬히 앉아 신문을 읽고 있었다. 조은건설사엔 사장과 이사와 부장과 경리를 담당하는 직원이 한명씩 있었다. 창이 따로 없어 출입문이 곧 통풍구이자 창이 되는 작은 공간에 사무용 책상이 넷, 한개는 동쪽, 한개는 서쪽, 나머지 두개는 남쪽을 바라보는 위치로 놓여 있었고 낮은 탁자와 소파가 하나씩, 그밖엔 탕비실로 사용하는 좁고 어두운 공간이 뒤쪽에 딸려 있었다. 사장은 거래처로, 부장은 현장으로, 각각 면담이나 접대를 나가는 일이 많아서 종일 드나드는 사람도 별로 없이 단출하게 이사님과 내가 단둘이 남아 하루를 보내는 경우가 많았다.

이사님의 이름은 이사.

정말 이사.

이상하지?

이상하지만 이사. 목이사이자 목 이사님. 이사님은 건축을 전공하지도 않았고 현장 경험도 없어 회사에서 할 수 있는 일이 별로 없었다. 그의 매형인 사장에게 이름과 자금이 동원되었을 뿐으로 신문을 읽거나 스포츠 경기를 시청하거나 난을 닦거나 문 앞에 서서 바깥을 내다보는 것으로 소일하는 남자였다. 태몽일지도 모른다. 출근해서도 그 생각을 놓지 못하고 있다가 나는 실수를 했다. 나나는 임신인가,라고 적어둔 메모를 이사님에게 들킨 것이다.

다른 날과 특별하게 다를 것이 없는 하루였다. 무척 무더워서 정오가 되기도 전에 등지고 앉은 유리가 뜨거워졌다. 문이 열리고 닫힐 때마다 끈끈한 덩어리 같은 열기가 밀려들었다. 바깥에 늘어진 담쟁이덩굴의 그림자가 종일 짙고 또렷했다. 평소처럼 현장의 연락처를 묻는 전화가 몇통 걸려왔고 점심도 평소처럼 도시락을 배달시켜 먹었다. 겉으로야 평소처럼,이었지만 속으로 점점 꼬여갔다. 나나가 임신했을지도 모르겠다.

탕비실의 컴컴한 시멘트 벽을 바라보며 생각했다. 나나는 임신했을지도 모르겠다. 자리로 돌아와서도 이것을 어떻게 생각해야 좋을지 모르겠다고 생각하며 팩스와 연결된 전화기를 바라보았다.

나나는 임신인가.

무심결에 종이에 적어두고 이 문장은 틀렸어,라고 생각했다. 나나는 임신인가,라고 할 것이 아니고 나나는 임신을 했나,라고 적어야 맞는 거지. 나나는 임신인가,라고 적으면 나나와 임신이 같은 것이 되잖아. 나나가 임신이면 임신도 나나인가? 임신 자체가 나나, 나나가 임신 자체, 그건 말이 안되잖아. 나나는 임신이 아니고 임신도 나나가 아니니까 임신을 했나,라고 써야지. 목적어를 제대로 사용해서, 동사도 제대로 사용해서. 나나가 임신을 했나, 이렇게. 이렇게 적어야 맞는 거지. 나나가 임신을 했나. 볼펜을 쥔 채로 메모를 들여다보며 거기까지 생각했을 때였다.

나나가 누구예요?

문득 묻는 소리가 들려와 고개를 들고 보니 이사님이 곁에 와 있었다. 나도 모르게 메모를 구겨 서랍에 넣고 딱 닫아버렸다. 실례였을 것이나 남의 것을 멋대로 보다니 먼저 실례를 한 사람은 이사님,이라고 생각하며 얼굴을 붉힌 채로 앉아 있었다. 이사님은 잠자코 서 있다가 자기 자리로 돌아갔다.

나나가 누구냐니.

나나는 내 동생이지.

내 동생 나나. 나나는 최근에 아이를 가졌는지도 모르겠다.

아이란 가졌다고 말해도 괜찮은 걸까. 아이는 가지는 것일까. 엄마가 가지는 것일까. 가져도 되는 것일까. 아이를 가졌다, 아이를 가졌다고 말하는 것은 뭔가 좋지 않은 느낌이 든다. 매우 그런 느낌이 든다. 찜찜하고 숨 막혀. 임신했다고 하는 것이 좋을까. 임신. 나나는 임신을 했는지도 몰라.

단도직입적으로 묻자.

단도직입적으로 그것을 물어보자고 마음먹고도 좀처럼 묻지 못하고 며칠이 흘러버렸다. 퇴근하고 집에서 만나도 나나의 주변을 맴돌다가 결국엔 아무것도 묻지 못한 채로 잠자리에 드는 날이 이어졌다. 나나는 이즈음 술이나 커피를 마시지 않았고 어디서 구해왔는지 감잎이나 말린 국화 같은 것을 우려먹는 등 먹고 마시는 것에 은근히 신경을 쓰는 눈치였다. 그것은 역시 임신했기 때문일까. 임신한 몸이라서 조심하는 것일까. 그런가 하면 소금에 절인 삼치를 구워서 한번에 한마리 하고도 반토막을 남김없이 먹어치우는 등 별로 조심하는 기색이 아닐 때도 있었는데 그럴 때 나는 나나를 지켜보며 속으로 안절부절못하기 일쑤였다. 왜냐하면 나나야, 어디서 들은 기억이 있는데 임신 초기엔 등 푸른 생선을 먹는 게 아니래.

요즘은 특히 먹는 게 아니래.

이렇게 간섭은커녕 아예 묻지도 못하고 속만 태우는 나날이었다.

그런 사정을 아는지 모르는지 말쑥한 얼굴로 자기 할 일만 하는 나나를 집에서 보는 것에도 뭔가 지치고, 알고도 시침을 떼는 듯한 나나가 얄밉게 여겨져서, 금요일 퇴근 후엔 곧장 집으로 가지 않고 나기네 가게에 들렀다.

나기는 도저히 번화가라고는 할 수 없는 골목 모퉁이에서 조그만 바를 하고 있었다. 차 한대가 들어갈 정도의 실내 주차장을 가게로 개조한 임대 공간으로 나기의 가게가 들어서기 전에는 치파오와 중국어 교재를 팔던 가게였다. 나기는 망해가던 가게 자리를 인수

해서 수리를 한 뒤 '삯'이라는 간판을 걸고 장사를 하고 있었다. 삯은 음식을 만드는 사람도, 그 음식을 나르는 사람도, 설거지를 하는 사람도 나기 혼자였기 때문에 혼자서 감당할 수 있는 가짓수로만 안주를 마련해 파는 맥줏집이었다. 국자와 면을 건지는 바스켓이 걸린 주방을 바라보는 형태로 다섯사람 정도가 나란히 앉으면 더는 자리가 없을 정도로 비좁았다. 일단 앉고 나면 등 뒤가 바로 벽이라서, 화장실에라도 가려고 하면 앉은 사람들의 엉덩이나 등을 쓸며 지나갈 수밖에 없는 구조로, 나는 삯에서 그것 한가지를 불만으로 여기고 있었는데, 바,라기보다는 말 그대로 막대bar라거나 어딘가의 복도에 가까울 정도였다. 나기는 이곳에서 다만 두가지 방침을 고수하며 장사하고 있었다. 신선한 재료를 사용해 음식을 만든다는 것이 첫째이자 그날의 재료는 남기지 않는다는 것이 첫째에 얹힌 덤이었고, 내가 먹지 못할 것을 남에게 먹이지 않는다는 것이 둘째였다.

다만,이라고는 해도 상당한 비용이 드는 영업 방침인 듯했는데 그 두가지에 관해 나기는 양보가 없었다. 손님이 영 들지 않은 날엔 남은 재료로 음식을 만들어 나나와 내가 사는 집으로 찾아왔다. 망하기 딱 좋게 장사를 한다고 나나는 말하곤 했지만 딱히 비난하는 투는 아니었고 나기 쪽에서도 그런 타박을 불쾌하게 여기지는 않는 기색이었다.

나나가 임신했을지도 몰라.

그렇게 말하자 나기는 놀란 듯 고개를 들었다. 단풍 꿈을 꾸었거든,

하고 덧붙인 뒤 수일 전에 있었던 나나와의 대화를 말하자 그건 역시 태몽일지도 모르겠다며 나기는 고개를 끄덕였다. 그러면서도 그게 나나와 관련된 태몽이라는 것은 어떻게 아느냐고 물어왔다. 글쎄 그건, 하고 나는 말했다.

그런 느낌이 들어서.

그런 느낌?

매우 그런 느낌, 하고 말하자 나기는 도마에 놓인 흰 살점을 칼끝으로 살짝 베어내며 너일 수도 있잖아,라고 했다. 나? 나일 수는 없지. 왜냐하면…… 섹스를 한 지도 일년이……라고 대답하려다가 입을 다물었다. 사실은 말이지 섹스고 뭐고 나는 누구와도 껴안아본 적이 없으니. 나는 사람과 접촉하는 게 싫었다. 닿는 것은 싫다. 닿아도 괜찮은 것은 나나와 나기뿐, 나나와 나기뿐이고, 나나와 나기는 그것을 잘 알지. 그것을 잘 아는 나기에게 섹스를 한 지도 일년이……라고 말해봤자. 이런저런 생각에 잠겨 고개를 숙이고 있는데 나기가 근사하게 말린 달걀말이를 흰 접시에 담아 내 앞으로 밀었다. 조그맣고 노란 방석처럼 보이는 달걀말이였다. 흠잡을 데가 없었다. 어느 한군데 불균형하게 탄 곳 없이 빛깔도 고르게 노랗고 깔끔한 간격으로 잘렸다. 젓가락으로 한점을 집어 맛을 보니 맛있었다. 나기의 요리는 맛있다. 내 요리는 정말 맛있다,라는 자부를 인정할 정도로 나기의 요리는 맛있다. 달걀말이 한가지도 이렇게 맛있어. 맛있다는 차원이 아니지. 맛이 있다. 맛이라고밖에는 말할 수 없는 뭔가가 나기의 요리엔 있다. 맛, 그거, 그게 있어,라

고 생각하며 말없이 먹었다. 나기는 조리에 사용한 볼을 닦기 시작
했다. 그 소리를 들으며 한점 한점 달걀말이를 먹고 있을 때였다.

싫어?

조리대 건너편에서 나기가 물었다.

아니 좋은데.

좋아?

맛있어 이거.

그거 말고 나나.

나나?

나나가 아이를 가졌다면 너는 싫어?

달걀말이를 볼에 넣은 채로 나는 미간을 찡그렸다. 싫다니.

……모르겠네.

싫다거나 좋다거나 그렇게 생각해본 적은 없어서 잘 모르겠네,라
고 답하자 계속 묻지 못하는 것은 결국 싫어서인가?라는 질문이 돌
아왔다. 웅덩이에서 미처 나오지도 못했는데 또다른 웅덩이로 미
끄러진 것처럼 새로운 질문에 잠겨버렸다. 싫은가.

나는 싫은가.

싫어서 묻지 못하나?

싫어서 묻지 못하는지도 몰라.

싫은가.

싫은지도 몰라.

아기 같은 건 싫다.

싫어.

실은, 싫어.

무서우니까.

모든 게 걱정될 테니까.

나나는 걱정되지 않을까.

모든 게.

어쩌자는 거야, 아기를 가져서.

숨 막혀.

화가 나.

어쩌자는 거야, 하고 화가 나.

어쩌려는 걸까, 하고 걱정하게 되는 것이 아니고 어쩌자는 거야, 하고 화가 나.

나나는 애자가 될 셈인가.

애자가 될 거야?

애자처럼.

애자처럼 사랑해서 아기를 만들고, 아기를 가져서, 압도적인 엄마가 되는 거야?

애자처럼.

집으로 돌아오는 내내 이런 생각뿐이었다. 싫다. 마침내는 싫다고 생각했다. 싫다는 생각만 남았다. 밤이 되었는데도 여전히 무더웠다. 공기가 몹시 탁해서 달이 더러워 보였다. 더러워 보인다고, 심술궂게 생각했다. 복사열을 뿜어내는 어두운 길 위를 귀신 같은 얼굴을 하고 걸었다. 싫다는 생각뿐이었다.

나나는 집에 돌아와 있었다. 탁자 앞에 앉아서 찻잔을 골똘히 들여다보며 감잎을 우리고 있었다. 금방 머리를 감았는지 젖은 머리카락이 앳된 얼굴과 등에 달라붙어 있었다. 잠옷으로 입는 갈색 셔츠 등판이 젖은 머리카락으로 덮여 얼룩져 있었다. 칠칠치 못하게.

아기를 가졌을지도 모른다니.

어쩌자는 거야,라고 생각했다.

그러나 이 밤에도, 아무것도 묻거나 말하지 못하고 잠자리에 들었다.

*

있지.

하고 애자는 말했다.

그건 아주 커다란 톱니바퀴였겠지?

커다란 것에 다른 커다란 것이 물려 있고 그 커다란 것에 다시 그보다 커다랗거나 그보다 작은 것들이 물려 있었겠지? 작은 것이라도 그건 단단했겠지? 크거나 작거나 모두 강철로 아주 날카로웠겠지? 그런 것들이 맞물리고 맞물려서 아주, 커다랗게 돌아가고 있었겠지? 커다랗고 복잡하게, 이를테면 맨 처음 톱니바퀴엔 보다 큰 톱니바퀴가 맞물려 있고 그 톱니바퀴엔 또다른 톱니바퀴들이, 더

크거나 덜 큰 톱니바퀴가 맞물려서 위위위위위, 하고 돌아갔겠지? 한번의 회전은 다섯번의 회전으로 연결되고 다섯번의 회전은 스물다섯번의 회전과 육백이십오번의 회전으로…… 스물다섯번의 회전과 육백이십오번의 회전은 삼십만 구천육백이십오번의 회전으로…… 삼십만 구천육백이십오번의 회전은 천오백이십오억 팔천칠백팔십구만 육백이십오번의 회전과…… 거대한 두번의 회전으로…… 거대한 두번의 회전은 그보다 자디잔 회전으로…… 몇번의 회전이든 톱니바퀴들은 매 순간 정확하게 맞물렸겠지? 빈틈없이 맞물리고 힘 있게 맞물려서, 이빨을 꽉 다문 짐승의 입과 입처럼 한치도 어긋남 없도록 맞물려 돌아갔겠지? 그렇게 작동되도록 만들어졌으니까 인간들이 그렇게 만들었으니까 위위위위, 하고 돌아갔겠지? 모든 회전엔 빈틈이 없었겠지? 위, 위, 위, 위, 위, 매일, 정확한 간격으로 돌아가야 하니까 그 모든 회전엔 그렇지 빈틈이 없었겠지?

있지.

그 회전, 빈틈없는 그 모든 회전 사이에 너희 아버지가 있었던 거야. 처음엔 작은 모서리 하나였겠지. 소매에서 튀어나온 실밥 한가닥 같은 것이었는지도 몰라. 뭔가가 그를 낚아챘겠지. 시작은 그렇게 작은 것이었을 거야. 그렇게 말려들었겠지. 그리고 그뒤엔 더 크고 더 단단하고 더 좁고 더 정교한 것들뿐이었겠지. 어, 할 새가 있었을까? 어, 할 새도 없었을까? 누구도 모르지. 그 빈틈없는 회전 사이에서 시간은 완전히 다른 방식으로 흘렀는지도 몰라. 어쩌면

어,만으로는 부족할 정도로 긴 순간이었는지도 몰라. 어,만으로는 부족해서 어어어어어 그렇게 한동안 이어지고도 부족할 만큼, 그건 긴 순간이었는지도 몰라. 길고 길어 누구의 생각보다도 긴. 이윽고 그가 그 틈을 다 통과했을 때 그건 더는 소리를 내는 것이 아닌 거야. 모습도 아닌 거야. 그렇게 열심히 살았는데 그런 모습이 되고 만 거야. 그렇게 될 뿐. 인간은 그렇게 될 뿐. 있지 인간이 조그만 덩어리도 되지 못하고 부서지고 흩어진 채로 형체도 없이 다만 한 줌 무더기가 되고 말 때 그럴 때 인간은 어디에 있다고 해야 좋으니? 무엇으로 있다고 해야 좋으니? 어디가 어디라는 구별이 완전히 사라지고 내가 만졌던 목, 내가 매달렸던 어깨, 내가 만졌던 팔꿈치, 내가 들여다봤던 눈, 둥근 턱, 내가 쓰다듬었던, 따뜻한 머리, 내 이름을 부르고 너희 이름을 부르던 목소리, 그 목소리를 내던 몸, 생각하고 기억하고 감각하던, 내 사랑, 그 사랑의 몸, 그 몸이 도저히 몸일 수는 없는 형태로 흘러내렸을 때, 그럴 때 그는 어디에 있니?

영혼은 어디에 있니?

어디에 있다고 믿어야 좋으니?

최근엔 어린 시절에 살았던 집에 관한 꿈을 자주 꾼다.

텅 빈 집을 언제까지고 빙글빙글 돌아다니는 꿈이다.

벽을 끼고 이쪽 모퉁이를 돌면 이웃집.

벽을 끼고 저쪽 모퉁이를 돌면 우리 집.

혼자서 이쪽과 저쪽 모퉁이를 돌아가며 돌아다니는 꿈이다.

벽 건너편에 누군가 있다.

누군가 있는 것이 느껴져 휙 모퉁이를 돌고 보면 저쪽 모퉁이를 휙 돌아 사라지는 누군가의 기척이 느껴진다. 그 기척을 따라가서 저쪽 모퉁이에 다다라 휙 돌고 보면, 다시 저만큼 떨어진 모퉁이를 돌아 사라지는 누군가의 기척이 느껴지는 것이다. 그렇게 혼자서 빙글, 빙글, 벽을 따라 도는 와중에 누군가는 마침내 사라지고 어느 틈엔가 나만 남아 빙글, 빙글, 언제까지고 텅 빈 집을 돌아다니는 꿈이다. 너무 높고 어두워 머리 위로 천장을 분간할 수 없고 벽의 이쪽도 저쪽도 싸늘해서, 모퉁이를 돌 때마다 서늘하게 식은 내 머리카락이 목에 감겨 헉, 하고 놀라고 마는 꿈.

그런 꿈을 꾸는 와중에도, 예전에 이런 집에 산 적이 있었지, 하고 나는 생각하는 것이다.

예전에 나나와 나는 그런 집에 산 적이 있었다.

내가 열한살이 되던 해였다.

나나와 나의 아버지인 금주씨가 죽고 일년 뒤로, 그 무렵 애자와 나나와 나는 가난해서 다른 집으로 이사를 해야 했다. 애초 반대하던 결혼이었고 이쪽엔 제사 지낼 아들내미 하나 없으므로,라는 명목으로 사고 합의금을 친가 쪽에서 받아갔고, 애자도 생활에 별 열의가 없어서 애자와 나나와 내겐 금전적인 여유가 없었다. 아버지와 살던 집의 계약이 끝나 집을 비워줘야 할 때가 되었는데 애자는 짐도 꾸리지 않고 나날을 생각에 잠겨 보내고 있었다. 이사 당일

이 되어서야 넝마주이를 불러 집 안을 한바퀴 돌아보게 하더니 물
건을 모조리 넘기는 조건으로 조그만 수레 하나를 빌렸다. 애자는
가방 두개와 상자 두개를 수레에 싣고 뒤도 돌아보지 않고 그 집을
나섰다. 나나와 나는 교과서와 필기구와 공책을 몽땅 넣어 빵빵하
게 부푼 가방을 메고 애자의 수레 곁을 걸었다. 삼십분가량을 걸어
도착하고 보니 나로선 한번도 가본 적 없는 한적한 동네였다. 옛날
식 난간과 옛날식 베란다가 달린 이층집들이 죽 늘어선 길이었다.
애자는 그런 집을 몇개나 지나 옆집과 별다를 것 없이 생긴 집 앞
에 수레를 세웠다. 청색 대문을 밀고 들어서자 깨끗하게 마른 붉은
벽돌이 깔린 마당이 있었고 마당 건너편에 반지하로 들어가는 새
시 문이 있었다. 이제부터 살 집으로 들어가는 입구였다. 애자가 조
그만 열쇠를 사용해서 문을 열었고, 나나와 나는 벽을 중심으로 왼
쪽과 오른쪽으로 나뉜 묘한 공간과 맞닥뜨렸다.

본래 창고로 사용하던 지하실 중앙에 양쪽 방향으로 트인 벽을 하
나 세워 현관과 화장실을 공유하는 두개의 셋집을 만든 구조였다.
이렇게 말하면 잘 모르려나. 말하자면 벽을 일부러 만들다 만 집이
었던 거야. 본래 한개의 현관과 한개의 화장실이 딸린 공간이던 지
하실을 벽으로 나눈 집. 그러니까…… 벽 이쪽과 저쪽에 사는 사람
들은 각자의 집을 한개씩 가진 것이 아니고 반씩 나눠 쓰는 집이었
던 거지. 벽 끝에 현관, 벽의 다른 쪽 끝에 화장실이 있는 구조로 현
관과 화장실은 오른쪽에 속하기도 했고 왼쪽에 속하기도 했다. 이
상하지만 그런 집도, 세상엔 있는 것이다.

애자는 현관에 구두를 벗어두고 왼쪽으로 들어가더니 아무것도 놓이지 않은 방에 반듯이 누웠다. 창백한 다리를 가지런히 모으고 두 손을 가슴에 얹은 모습으로, 눈은 번들번들 빛났고 손톱은 비늘처럼 투명하고 길쭉했다. 나나와 나는 책가방을 내려두고 그녀의 곁에서 바닥에 퍼진 그녀의 머리카락을 쓰다듬으며 기다렸다. 애자는 천장을 하염없이 바라보다가 문득 소라야, 하고 부른 뒤 여기까지 오는 길을 기억하느냐고 물었다. 나는 고개를 끄덕였다.

수레, 돌려주고 올래?

어디에?

그 집에.

돌려주고 와줘,라는 부탁을 받고 나나와 둘이서 수레를 끌고 나섰다. 수레에 타겠다고 고집하는 나나를 태우거나 나나가 낑낑대며 끄는 수레에 내가 타거나 하며, 살던 집에 도착하고 보니 문이 열려 있었다. 애자는 문단속에 각별히 신경을 쓰던 사람이라 무더운 여름에도 문이 그런 방식으로 활짝 열려 있는 것을 본 적이 없는 나나와 나는 겁을 먹고 망설였다. 수레를 그대로 두고 가자고 조르는 나나를 곁에 둔 채로 나는 집 안을 엿보았다. 먼지와 진흙이 묻은 니커보커스를 입은 넝마주이 노인이 운동화를 신은 채로 무릎을 꿇고 앉아 부엌 찬장 속을 들여다보고 있었다. 그의 무릎 근처에 기름때 묻은 바구니가 놓여 있었고 그 속에 애자가 사용하던 간장과 식초와 소금 병이 담겨 있었다. 애자의 글씨로 간장, 식초, 소금, 하고 적힌 라벨이 붙은 유리병들이었다. 애자가 공들여 물걸레질을 하곤 했던 바닥은 그가 신은 운동화 자국으로 온통 얼룩져 있었다. 나나와 내가 만지고 사용하던 물건들이 거실 바닥에 모여 있었고 옷장에서 끄집어낸 옷가지들이 한무더기, 방으로 들어가는 문턱 부근에 봉분처럼 쌓여 있었다. 껍질만 남아 몇겹으로 엎어진 사람들을 연상시키는 섬뜩한 광경이었다.

도망치듯 그 집을 떠나 새집으로 돌아가는 길엔 빠르게 걸었다. 빨리, 빨리.

그토록 빠르게 걸으면서 한순간도 뛰지 않았다. 뛰어서는 안된다고 생각했다. 왠지 그랬다. 어떤 일이 벌어지려는 참이라고 나는 생각했다. 그게 지금 걷는 길 앞에 있었다. 그 일은 이미 벌어졌을 수도 있고 이제 막 벌어지려는 참일 수도 있었는데 뛰는 순간, 마땅하게 그렇게 되어버릴 거라고 생각했다. 그렇게 되어버린 후엔 그것을 되돌릴 수 없다, 뭔지도 모르면서, 그렇게 생각했다. 빨리, 빨리. 애를 써서 걸었다. 빨리, 빨리, 빨리. 나나는 나보다 보폭이 짧아 자꾸 뒤처졌는데 기다릴 틈도 없이 빨리, 빨리. 집에 당도하고 보니 애자는 우리가 나갈 때 보았던 것과 다름없는 모습으로 천장을 바라보고 있었다. 그 곁에 털썩, 주저앉자마자 바지를 적시고 말았다. 오줌이 넓적다리 쪽으로 은근하게 번져갔다. 고요하고 따스했다. 눈물이 아니라 다행이라고 생각했다. 눈물은 숨길 수 없지만 오줌은 숨길 수 있다. 별다른 소리도 기척도 없어 애자에게 들키지 않을 수 있다. 그렇게 생각하고 안도하며, 앉아 있었다.

큰 공간이었다.

남아돌았으니까.

옷장도 책상도 침대도 식탁도 냉장고도 없었다. 천장이 높아 땅속
으로 깊숙이 꺼진 듯한 반지하에 애자와 나나와 나, 셋이었다. 공
기는 서늘했고 이끼나 버섯 냄새가 났다. 나나와 나는 애자의 곁에
엎드려 있다가 상자를 열고 짐을 꺼내는 놀이를 했다. 일관성도 뭣
도 없게 아무렇게나 꾸려진 물건들을 바닥에 늘어놓고 나니 더는
할 일이 없었다. 나나와 나는 나나의 도화지에 내 색연필로 그림을
그렸다. 내가 한쪽 방향으로 기울어진 나무를 그리면 나나가 나뭇
가지를 하나 더 그려넣었다. 내가 무성한 잎사귀 틈에 파란 망고를
그리면 (이게 뭐야, 망고, 망고가 뭐야, 과일이야, 이런 걸 언제 봤어? 옛날 옛날
에 봤지, 언니는 먹어봤어? 먹어봤지, 무슨 맛이야? 쓰고 떫어, 떫어? 망고는 떫어,
떫은 걸 왜 먹어, 아픈 사람만 먹는 거야, 아픈 사람만 먹을 수 있는 과일.) 나나가
나뭇가지 끝에 빨간 새를 그렸다. 내가 가늘고 긴 줄기를 그리면
나나가 줄기 끝에 활짝 펼쳐진 노란 꽃을 그렸고 나나가 말을 그리
면 내가 뿔을 달았다. 그런 그림을 몇장이고 그렸다. 이윽고 그림을
그리는 것에도 지쳐 집을 살펴보려고 그 방을 나선 것이 저녁쯤이
었다. 나나와 나는 현관을 등지고 서서 복도처럼 이어진 공간을 바
라보았다. 옆집과 이쪽 집을 나누는 길고 높은 벽에 어둑어둑한 석
양이 번져 있었다. 나나와 나는 부엌을 지나서 방문을 한개 더 열
어보았고 아마도 우리가 사용할 방인 그 큼직한 공간을 한바퀴 걸

어보았다. 먼지가 쌓인 창도 열어보았다. 방 안쪽에서 창밖을 내다
보며 서 있었는데 우리 눈높이엔 바닥이 있었다. 물이 고인 흔적이
있는 시멘트 바닥. 일 미터도 떨어지지 않은 곳에 이웃집 벽이 있
어 하늘이고 뭐고 보일 틈이 없는 창이었다. 나나와 나는 그 창을
통해 나방을 한마리 보았다. 그게 맞은편 벽에 달라붙어 있었다. 배
가 두툼하고 날개가 회백색이었는데 몹시 커서 나나의 한쪽 눈을
다 덮고도 남을 것처럼 보였다. 바람에 이따금 날개 끝을 퍼덕일
뿐 나방은 언제까지고 움직이려 들지 않았다. 며칠이고 그 자리에
달라붙어 있다가 어느날엔가 사라졌다. 나방이 있던 자리엔 황토
색 보풀 같은 것이 남았는데 나나와 나는 그게 알주머니라고 생각
했다. 우리는 이따금 창을 열어 새끼 나방들이 주머니를 찢고 나온
흔적이 있는지 살폈다. 보풀은 조그만 섬 같은 형태로 모여서 비에
씻기지도 않고 고스란히 남아 있었다. 나나와 나는 나방이란 알을
낳는 데 며칠이 걸리고 부화하기까지 또 몇년이 걸리는 생물로
구나, 하고 생각했다. 끈기가 대단해, 하고 감탄했다.

끈기고 뭐고 벌써 죽은 것이었는지도 몰랐는데.
이제 와 생각해보면 이렇지 않았을까.
상태가 몹시 부실했던 나방 한마리가 알을 낳으려고 아무 벽에나
달라붙었다가 죽어버렸어. 낳다 말고 기력이 다해서. 나방은 다만
껍질로 벽에 붙어 있었을 뿐, 점점 더 껍질로 텅 비어갔을 뿐, 그러
다 어느 바람에 문득 떨어져나갔어. 그렇지 않았을까.

그뿐이지 않았을까.

주머니만 간신히 슬어두고.

알이고 뭐고 채우지도 못하고 텅 빈 주머니만 간신히.

나나는 그 나방에 관한 것을 이미 잊었는지도 모르겠다. 나는 이따금 그 나방을 생각했다. 하늘색 벽에 도톰하게 달라붙어 있던 조그만 삼각형의 몸. 당시엔 크다고 여겼지만 역시 조그맸지.

죽었니 살았니.

그것을 향해 그렇게 묻는 순간이 있다.

죽었을까 살았을까.

이미 죽은 것,이라고 생각하고 보면 회백색이더라도 선명하고 곱던 빛깔이 미심쩍고, 살아 있는 것,이라고 생각하고 보면 며칠이고 움직이지 않았다는 점이 미심쩍다. 그런 나방도 있을까. 알을 낳는 데 며칠이 걸리고 부화하는 데 몇년이 걸리는 나방. 이후 그렇게 생긴 나방을 본 적이 없으므로 그건 좀 특별한 나방이었는지도 모른다. 있을까. 그런 생리의 나방. 보통이 아니라면, 보통의 나방이 아닌 나방.

죽었니 살았니.

나나와 나는 그 집에서 나기를 만났다. 그 나방을 발견한 집에서 그 나방을 발견한 날에 말이다. 나나와 내가 벽 건너편으로 넘어간 것이다. 넘어가겠다는 생각도 넘어간다는 자각도 없었는데 넘어갔다. 간단했다. 걸으면 되니까. 걷다가, 벽 모퉁이를 돌면 벽 건너편이었으니까.

모퉁이를 돌고 보니 조금 더 따뜻했고 조금 더 어두침침했다. 건조하고 짭조름한 냄새를 느낀 기억이 있다. 다시마 같은 거. 조용하게 냉장고 돌아가는 소리가 들렸다. 넘고 보니 벽 이쪽은 저쪽과 같은 구조였다. 방이 있고 부엌이 있고 방이 하나 더 있고. 두 집을 나누는 가운데 벽을 중심으로 양쪽으로 활짝 펼쳐진 나비 날개처럼 이쪽과 저쪽이 같았다. 다만 나나와 내가 방금까지 있던 공간과는 다르게 소리가 있고 온기가 있고 인간이 생활하는 데 사용되는 사물들이 고스란히 있는 공간이었다. 나나와 나는 남의 집이라는 생각은 하지 못하고 관람하듯 그 공간을 바라보며 계속 걷다가 다시 모퉁이에 이르러 우리 쪽 공간으로 넘어왔다. 신묘한 경험이었다. 벽을 중심으로 왼쪽과 오른쪽. 현관을 등진 채로 바라보면 왼쪽이 우리 집, 화장실을 등진 채로 바라보면 오른쪽이 우리 집이었다.

왼쪽과 오른쪽.

오른쪽과 왼쪽.

나나와 나는 오른손을 벽에 대고 계속 걸어서 벽 건너편으로 넘어갔다가 돌아오기를 반복했다. 옆집과 우리 집을 나누고 있는 벽을 거대한 실패 삼아 실패에 실을 감듯 빙글, 빙글, 그렇게 몇번째인가 벽을 돌았을 때, 옆집 거실에 선 소년을 보았다. 돛단배가 그려진 낡은 티셔츠를 입었고 눈썹을 덮도록 반듯하게 자른 머리칼 아래 주근깨로 덮인 콧등이 솟아 있었다. 그게 나기와의 첫 만남이었다.

도깨비.

라고 생각했어.

라고 나기는 말했다.

낮잠을 자고 있었는데 어느 순간부터 자박자박, 하고 발소리가 들려오더니, 줄곧 비어 있던 옆집과 자기 집을 맨발로 오가는 소리가 자박자박, 하고 계속 들려와서, 도깨비가 나타났다고 생각했다는 것이었다.

라는 내용으로 정리된 것은 시간이 조금 흘러서였고 당시에 오간 대화는 막상 이랬다.

도깨비.

라고 소년이 불쑥 말했으므로 나는 얼굴에 핏기가 가셨다.

도깨비가 있어?

나나가 내게 바짝 붙으며 속삭였다.

언니, 이 집에 도깨비가 있어?

소년은 나나를 잠자코 바라보다가 있지,라며 고개를 끄덕였다.

아직까지 본 적은 없지만.

본 적이 없는데 있는지 어떻게 아냐.

알아.

어떻게 알아.

이 집은 있지.

음기가 세기 때문에,라고 소년은 진지하게 말했다.

나나와 나는 어리둥절해서 사방을 둘러보았다. 높은 천장 쪽으로 고인 어둠과 여태 끼고 돌았던 벽의 존재가 새삼 심상치 않게 느껴졌다. 내가 물었다.

음기가 세다는 게 무슨 뜻이야?

야한 생각을 하게 된다는 뜻이지.

야한 생각?

야한 생각을, 자꾸.

그런 델 도깨비가 좋아해?

도깨비니까, 아무래도.

너 뭐야.

너넨 뭐냐.

나는 소라.

얘는?

나나.

나는 나기, 하고 소년은 말했다.

너네 여긴 어떻게 들어왔냐.

그야 열쇠가 있었지.

조그만 열쇠.

묘하게 어긋난 대화로 첫 대면을 끝낸 뒤, 나나와 나는 우리 공간으로 돌아왔고 이후로 공연히 벽을 돌아 상대 쪽 공간에 나타나지 않도록 주의했다. 하지만 현관과 화장실을 공유하는 공간이고 보니 아침과 오후엔 맞닥뜨릴 수밖에 없었다. 첫 오줌을 누고 나오는 참이라든지 낡은 운동화 끈을 묶으려고 웅크린 참이라든지. 그럴 때마다 나는 좀 부끄러웠으나 그렇게 맞닥뜨리는 횟수가 쌓이면서, 이따금 무심하게 한두마디를 주고받는 사이가 되었다. 때로는 한쪽이 열쇠를 잃어버려서, 잠긴 문 앞에 책가방을 깔고 앉아 숙제를 하며 다른 쪽의 열쇠를 기다리거나 하는 날도 있었다. 나기는 그때 작고 어렸는데 지금은 작지 않지. 나나도 나도 작고 어렸는데 지금은 작지 않지.

조그만 열쇠.

라는 것은 조금 붉은색이었고 손잡이에 닳고 닳은 털실 매듭이 짤막하게 달려 있었는데 어린 손에도 작게 여겨졌으니 다 자란 지금의 손으로 쥐어도 작을 것이다. 나는 어른이 된 뒤 그 열쇠로 열고 들어가는 공간에 관해 몇사람에게 말해보려고 노력한 적이 있었으나 대부분 잘 되지 않았다. 어떻게든 설명하는 데 성공한다고 해도 어떻게 그런 터무니없는 집이 있을 수 있느냐는 반응을 보기 일쑤였다. 그 정도로 터무니없나. 그렇게 생각하게 되는 것이 싫어서 어느 시점부턴가 더는 그 집에 관해 말하지 않게 되었다. 그런 구조 덕분인지 주변 셋집의 세가 올라도 그 집의 세는 몇년이고 오르지 않아서, 우리는 비교적 오래 그 집에 살았다.

그 집에서든 밖에서든 나나와 나는 꼭 붙어다녔다. 등하교 때는 물론이고 점심시간에도, 이따금 쉬는 시간에도 서로를 찾아다녔다. 틈날 때마다 나나가 나를 만나러 오거나 내가 나나를 만나러 갔다. 만난 뒤에는 둘이서 기다렸다. 학교가 끝나기를. 혹은 누군가 우리를 불러 걱정이 가득한 얼굴로 어서 집에 가보라고 말하는 순간을.
항상 둘이 있다보니 언제나 단둘,이라는 상황이 되어버렸지만 그
런 걸 신경 쓸 겨를도 없이 나나와 나는 애자를 생각했다.

애자만 생각했다.

애자는 그 집에서 대체로 친절했으나 대체로 불안하기가 이를 데
없었다.

애자는 나나와 내가 무엇을 먹는지, 양치질을 제대로 하는지, 어떤
옷을 입고 학교에 가는지, 계절에 맞는 옷이 있는지 없는지 등등에
크게 관심을 보이지 않았다. 하루나 이틀은 토스트나 달걀빵을 더
는 못 먹을 때까지 만들어주는 등 열심히 움직이다가도, 문득 기력
을 잃고 인형 같은 표정으로 몇시간이고 드러누워 지낼 때가 많았
다. 가끔이기는 했지만 혼자 외출을 해서 며칠이고 돌아오지 않는
날도 있었다. 아름답고 친절하지만 무기력하고 깊은 공허에 잠긴
애자 곁에서, 나나와 나는 그녀를 방해하거나 귀찮게 만드는 일이
없도록, 먹는 것 입는 것을 어떻게든 우리끼리 해결하며 작고 조용
한 짐승처럼 지내고 있었다.

그해 겨울에 애자가 일주일이나 집을 비운 적이 있었다. 정오쯤 일
어나보니 애자가 집에 없었고 애자의 방 가운데에 지폐 몇장이, 우
유가 반쯤 남은 우유갑에 눌려 있었다. 전에도 이런 일이 몇차례
있었으므로 나나와 나는 애자가 없는 방에 잠시 서 있다가 세수를
하고 청소를 하고 밥을 챙겨 먹었다. 애자가 남긴 돈으로는 둘이
의논한 끝에 귤을 샀다. 집에서 멀지 않은 길에 트럭 행상이 와 있

었는데 봉지 가득 귤을 담아 천원, 이천원에 팔고 있었다. 한사람 앞에 두봉지씩, 네봉지를 샀다. 한봉지에 조그만 것으로 서른개가량의 귤이 들어 있었는데 반질반질하고 색이 예쁜 껍질을 까서 먹는 재미에 질리지도 않고 계속 먹고 보니 이틀 만에 다 떨어졌다. 사흘째 되는 날에는 언제부터 집에 있었는지도 모를 묵은 떡을 찾아내 그걸 밥솥에 데워 먹기로 했다. 전기밥솥에 떡을 붓고 기다렸다가 뚜껑을 열어보니 딱딱하게 굳어 있던 떡이 말랑말랑한 죽처럼 솥 바닥에 퍼져 김을 내고 있었다. 냄새가 이상했지만 색이나 모양은 먹음직했다. 나나와 나는 숟가락으로 떠낸 뜨거운 인절미를 설탕에 찍어 먹기 시작했다. 씹기가 곤란할 정도로 시큼한 맛이 났지만 계속 씹으니 괜찮았다. 그때 벽 건너편에서 나기네 어머니가 아이고 이게 무슨 냄새냐, 냄새가 시다, 하며 건너왔다.

뭐 먹니.
나기네 어머니가 부엌으로 들어와 솥을 들여다보았다. 당시만 해도 나나와 나는 그녀를 할머니,라고 부르고 있었다. 옆집 할머니. 나기네 어머니는 애자와는 다르게 얼굴이 검고 어깨도 넓었다. 눈가에 주름도 많았고 할머니들이 많이 하는 것처럼 둥글고 곱슬곱슬한 머리 모양을 하고 있었다.
나도 한입 먹자, 하며 그녀는 뜨거운 떡을 아무렇지도 않게 손으로 덥석 떼어 입에 넣었다. 나는 부끄러워 얼굴을 붉혔다. 쉰 것을 먹고 있었다는 것을 들켰다는 게 부끄러웠고, 괜찮지? 하고 물어가며 동생에게 그걸 먹이고 있었다는 게 부끄러웠고, 지금 이 집에 어른이 없다는 게 이상하게 부끄러웠다. 실은 어느 것을 가장 부끄럽게 여겼는지 지금 생각해도 잘 모르겠다. 꼭 다문 입속에 떡이 뜨겁게 엉겨 있었는데 삼킬 생각도 하지 못하고 다만 주눅이 들어 그녀를 바라보았다. 쉰 떡을 입에 넣었으니 곧 뱉을 거라고 생각하면서.

나기네 어머니는 떡을 우물우물 먹으며 살풍경한 부엌을 둘러보고, 설탕을 입에 묻히고 있는 나나와 나를 유심히 바라보았다. 그녀는 끝까지 떡을 뱉지 않고 삼킨 뒤, 이 떡의 맛이 좋으니 자기네 밥이랑 바꿔 먹자며 나나와 나를 벽 건너편으로 데려갔다.

이날부터 나나와 나는 매 끼니,까지는 아니더라도 종종 나기네 밥을 먹었다. 그 시절엔 초등학생이라도 도시락을 싸서 다녔는데 나기네 어머니는 나기의 도시락까지 세개를 준비해서 신발장에 얹어두었다. 나기네 신발장 위에 한개, 우리 쪽 신발장 위에 두개. 나나와 나는 아침마다 그것을 챙겨서 등교했다. 점심시간엔 각자의 도시락을 가지고 운동장 구석에 놓인 벤치에서 만나 나란히 앉아 먹었다. 반찬으로 머리 달린 부세구이가 통째로 담겼다거나 고춧가루에 버무린 오이지만을 수북하게 담았다거나 이따금 달걀말이지만 대개는 달걀 프라이 혹은 다른 반찬 없이 달걀 프라이 한가지를 밥에 얹고 양념간장을 뿌린 것, 하는 방식으로 투박하기 이를 데 없는 도시락이었다. 나나와 나는 소중하게 그것을 먹었다. 성장기였으므로 그 밥을 먹고 뼈가 자랐을 것이다. 뼈에도 나이테라는 것이 있다면 나기네 밥을 먹고 자란 시절의 테가 분명 있을 것이다.

그러니까 뭐랄까, 나기와 나나와 나는 말하자면, 한뿌리에서 자란 감자처럼 양분을 공유한 사이,라고 말할 수 있을까. 나나와 내가 달걀 프라이나 껍질을 살짝 태운 생선구이에 일종의 노스텔지어를 품게 된 것도 이 시절의 기억 덕분일 것이다. 애자는 금주씨가 살아 있던 시절에도 생선구이 같은 건 하지 않았으니까. 맛있게 구운 생선을 그리워하고 그것을 맛보게 되었을 때 얼마간 뭉클해지는 심정은 그러므로 순전하게, 나기네와 관련된 것,이라고 나는 생각하고 있다.

아침에 도시락을 세개나 준비하는 것.
그것도 일하는 사람이.
그게 무척 어려운 일이라는 것을 나는 어른이 되어서야 알았다.
고등학교를 졸업하고 바로 들어간 첫번째 직장이 도심의 오래된 상가 건물에 입주해 있었는데 근처에 밥 먹을 곳이 마땅하지 않았다. 도심이라서 마땅히 있을 것 같았지만 희한하게도 별로 없었다. 사무실은 오층에 있었고 점심때가 되면 육층에 있는 식당에서 백반을 시켜 먹었는데 작게 자른 양파와 두부만 들어간 된장찌개는 너무 짰고 밥은 지나치게 백색이라서 거의 푸르스름해 보였다. 스테인리스 쟁반과 숟가락과 밥그릇에서는 아마도 락스가 아닐까 싶을 정도로 독한 세제 냄새가 났는데 그게 어느 음식에든 배어 있었다. 어느 음식에서든 그 냄새가 나고 보니 모든 음식의 냄새가 그것으로 같았다. 세제 냄새. 그 식당의 모든 음식이 맵고 짠 것은 어떻게든 그 냄새를 가려보려는 수작으로 여겨질 정도였다. 맛도 멋도 생기도 없는 음식. 그런 것을 어쩔 수 없이 줄기차게 먹는다는 것은 먹는 것 자체를 비롯해 만사에 의욕을 잃는 일이었다. 더는 견딜 수 없다고 생각하고 도시락을 싸가지고 다녔다. 처음엔 의욕적이었지. 밤새 불린 콩이나 잡곡을 섞어 밥을 지었고 조림이나 볶음으로 반찬을 세가지씩 준비하고 부담이 덜한 맑은 장국으로 국도 가지고 다녔다. 그러다 차츰 보리만을 섞어 밥을 짓다가 보리도 건너뛰게 되었고 반찬도 김치에 달걀에 생두부나 김, 국은 아예 엄두도 내지 못하는 날이 늘어갔다. 아침의 십분이란 오후의 십분과는 흐름도 의미도 완전하게 달랐던 것이다.

무엇보다도 내가 만든 도시락엔 어긋난 것이 있었다. 기대에서 차갑게 어긋나는 것. 팔십도쯤을 기대하고 입에 넣었는데 십오도쯤 되는 매우 미지근한 것을 입에 넣고 만 사람의 심정 같은 것. 애를 써서 준비한 도시락인데도 먹을 때면 그런 것을 느꼈다. 솜씨가 부족해서,라고 나는 생각했다. 만들어낼 수 있는 반찬의 종류가 정해져 있어 뻔하다는 점도 의욕을 잃게 만들었다. 좋지 않은 냄새가 나는 음식이건 직접 만든 도시락이건 마찬가지로 의욕을 잃게 만들 뿐이라면 아침잠이라도 더 자자. 그렇게 도시락을 단념하게 되기까지 두달도 채 걸리지 않았다. 그뒤로 그곳을 그만둘 때까지 여섯달 동안, 맛도 멋도 생기도 없는 것을 시무룩하게 먹고 다녔다. 무엇에 졌는지도 모르게, 완벽한 패배였다.

나기네 어머니의 이름은 순자.

순자의 순은 어째선지 열흘,이라는 의미의 순旬.

그러면 순자씨의 도시락은 어떻게 된 걸까.

그즈음에 비로소 나는 그걸 생각하게 되었다.

순자씨는 시장에서 과일을 팔아 번 돈으로 나기와 둘이서 살아가고 있었다. 일찍 집을 나선 뒤 종일 바깥에서 지내다가 해가 지고도 한참 뒤에야 집으로 돌아오는 일이었다. 피곤했을 것이다. 한겨울에 사과궤짝을 들다가 뇌출혈로 죽고 만 남편이 남긴 빚도 상당해 경제적인 면으로도 간단하지 않은 생활이었다. 그런데도 아침이면 어김없이 신발장 위에 나나와 내 몫의 도시락까지, 납작하게 얹혀 있었다. 나나와 내가 급식으로 점심을 먹을 수 있는 학교로 진학할 때까지, 육년이나.

정말 맛있었지.

특별하게 화려한 반찬도 없었는데.

도대체 비결이 뭐냐고 나는 그녀에게 물었다. 순자씨는 나를 한번쓱 바라보더니 연륜,이라고 대답했다. 나이를 말하는 거냐고 묻자 단순하게 그런 것은 아니라고 그녀는 말했다.

새끼를 먹여본 손맛이지.

그런 연륜, 하고 그녀는 덧붙였다.

그렇구나.

하고 나는 생각했다.

흉내를 낼 수 없지, 그런 것은.

그저 도시락이지만.

도시락이되 웬만해서는 어김없는 도시락.

그것을 맛본 경험이, 그런 것을 꾸준하게 맛볼 기회가 나나와 내게 있었다는 것을 나는 요즘도 골똘하게 생각해볼 때가 있다. 그게 없었다면 어떻게 되었을까. 그렇게 가정하고 생각해보는 것은 조금 두렵다. 순자씨는 그 도시락으로 나나와 내 뼈를 키웠으니까. 그게 빠져나간 뼈란 보잘것없을 것이다. 구조적으로도 심정적으로도 허전하고 보잘것없을 것이라고 나는 생각한다. 대단하지 않아? 보잘것없을 게 뻔한 것을 보잘것없지는 않도록 길러낸 것.

무엇보다도 나나와 내가 오로지 애자의 세계만 맛보고 자라지는 않도록 해준 것.

그게 그녀의 도시락이었어.

다만 도시락.

그뿐이었고 그 정도나 되었으므로 대단히 대단하다고 나는 생각하고 있다.

새끼를 먹여본 손맛.

그것을 언제고 내가 가지게 되는 날이 올까.

나나는 가지게 될지도 모르겠다. 벌써 예비 단계에 접어들었는지도 모른다. 순자씨의 도시락을 먹던 시절엔 나나도 나도 작았지. 이제는 작지 않다. 나나도 나도 더는 작지 않아. 상당한 시간이 흐른 것이다. 그 흐름에 실려 나는 자랐고 나나도 자랐다. 다 자란 나나는 이제 엄마가 될지도 모르겠다. 이미 엄마인지도 모른다. 새끼를 먹여본 손맛. 그걸 갖추게 되는 순간도 오겠지. 언제고 오고 말겠지.

하지만 내게는 오지 않을 것이다. 나는 그렇게 되지 않을 것이다. 그렇게 나는 생각하고 있다.

엄마가 되는 것은 애자가 되는 것.

아기를 낳는다는 것은 엄마가 된다는 것이고 엄마가 된다는 것은 애자가 되는 것. 회로가 그렇게 꼬여 있다. 생각이 아니고 심정의 영역에서.

그러므로 애초에 아기는 만들지 않는 게 좋다.

아기를 낳지 않는다면 엄마는 없지. 엄마가 없다면 애자도 없어. 더는 없어. 애자는 없는 게 좋다. 애자는 가엾지. 사랑스러울 정도로 가엾지만, 그래도 없는 게 좋아. 없는 세상이 좋아.

나는 어디까지나 소라.

소라로 일생을 끝낼 작정이다.

멸종이야.

소라,라는 이름의 부족으로.

*

꽤 오랫동안 비가 내리지 않았다.

꽤 오랫동안 내리지 않았네.

아침에, 베란다에 펼쳐진 우산을 보고 그렇게 생각했다. 얼핏 보면 개나리 같고, 잘 보면 통통한 물개 같은 무늬가 있는 초록색 우산이었다. 마지막으로 그걸 사용하고 그 자리에 펼쳐둔 사람은 아무래도 나나일 것이다. 나나의 우산이니까. 우산은 이미 말랐다. 그걸 접으려고 집어들었다가 내가 사라진 것 같다고 느꼈다.

우산은 활짝 펼쳐진 채로 내 머리 위에 있었다.

방수천을 팽팽하게 떠받치고 있는 우산살이 보였고 아주 조그만 나사로 고정된 관절이 보였다. 나사 한두개는 녹슬어 있었다. 가장 심하게 녹슨 것 주위로 녹물이 번져 있었다. 이건 이대로 삭다가 어느 순간 부러지겠지. 우산 속에서 그 작은 것을 무심하게 보고 있자니 소리가 사라지고 실감이 사라졌다. 눈만 남은 것처럼 다른 감각이 희박해졌다. 보고 있는 것이 보일 뿐, 고요했다. 우산은 나와는 아무런 상관이 없고 우산일 뿐, 고요했다.

보고 있는 내가 사라지면 우산도 사라질까.

그렇지는 않을 것이다.

금주씨도 사는 동안엔 이런저런 것을 보았을 테지만 금주씨가 죽고 나서도 이런저런 것은 사라지지 않았지. 전부,라고는 할 수 없을지 몰라도 대개는, 사라지지 않았지. 애자도 나나도 나도, 사라지지 않았지.

금주씨만 사라졌다.

그런 생각을 하는 틈에 우산 속은 짙고 넓어져 마침내 압도적이 되었다. 납작하게 눌린 듯한 심정으로 마치 없는 것처럼 우산 속에 있었다. 이윽고 우산이 있었다.

우산뿐이었다.

우산뿐.

우산뿐이라면 그것은 좋을까.

애자도 나나도 나도 없이, 우산뿐인 세상.

고통도 뭣도 사라지고 오로지 우산뿐인 세상.

그것은 어떨까.

좋을까.

좋든 말든 우산뿐이라면 좋거나 말거나 무슨 상관일까. 좋다거나 아니라거나 느낄 내가 없다면 우산뿐이더라도, 상관없지. 우산뿐인 세상 같은 건 나와는 아무런 상관이 없지. 상관없는 세상 같은 것은 상관없어. 그것은 또 어떨까. 상관없는 세상이란 어떨까. 그건 왠지, 좋을까. 그렇게 되면 좋을까. 그렇게 되는 것이 좋을까. 나는 여전히 나나에게 아무것도 묻지 못하고 있었다. 때는 여름. 낮에도 밤에도 복사열로 지글지글 끓는 듯한 나날이었다. 한낮엔 기온이 삼십육도를 훌쩍 넘어, 들이마시는 공기가 뜨겁게 느껴졌다. 그 정도의 기온에서 나는 감기에 걸려 콧물을 훌쩍거리고 있었다. 이 감기는 도대체, 떨어질 조짐이 없었다. 으슬으슬한가, 하면 덥고 더운가, 하면 손발과 명치가 차가워졌다. 약을 먹어도 좀처럼 낫지 않아 아프다기보다는 생기가 부족하다는 느낌으로 사무실에 멍하니 앉아 있는 날이 많았다.

소라씨.

부르는 소리에 돌아보니 이사님이 응접용 소파에 구부정하게 앉아 종이상자를 열고 있었다. 이사님은 상자에서 상당한 부피의 생크림 케이크를 꺼내 조심스럽게 탁자에 올렸다. 생일이라서…… 이사님이 나를 향해 말했다. 생일 아닌데요. 반사적으로 대꾸하자 이사님은 어리둥절하다는 얼굴로 나를 보다가 픽, 웃었다.

소라씨 말고 나. 내 생일입니다.

여름 케이크였다. 가슴 아래 튜브를 끼우고 생크림 바다에 떠 있는 소녀를 커다랗고 신선해 보이는 딸기들이 둘러싸고 있었다. 이사님은 좁고 긴 봉투를 열어 초를 꺼내더니 케이크에 꽂았다. 긴 것 두개, 짧은 것 다섯개. 의심스러운 눈으로 바라보자, 대강 달라고 했더니 이렇게 줬네요 초를, 하며 멋쩍은 듯 웃었다. 성냥을 긋고 차례로 불을 붙이는 것을 지켜보았다. 대낮의 사무실이 너무 밝아 촛불이 작아 보였다. 생일이라니 축하 노래를 불러야 할까. 망설이는 틈에 이사님이 먼저 노래하기 시작했다. 생일 축하합니다…… 생일 축하합니다…… 작게 따라 부르다가 뭔가 쑥스러워서 마지막엔 어어어어 이사님…… 하고 얼버무리는 노래가 되었다. 이사님은 노래가 끝난 뒤에도 촛불을 가만히 두고 생각에 잠긴 채로 앉아 있더니 가장 먼 것부터, 짧게 세번을 불어 껐다.

마땅한 접시와 포크가 없어 이가 나간 찻잔 받침에 케이크를 얹고 나무젓가락으로 조금씩 잘라 먹었다. 이사님은 순식간에 한조각을 다 먹어치우고 두번째 조각을 먹기 시작했다. 평소에 뭘 그렇게 잘 먹는 모습을 본 적이 없어 오늘은 웬일이냐고 생각하면서 나도 한조각을 다 먹었다. 찻잔 받침에 잔해처럼 흩어진 크림 덩어리와 맨 위에 얹혀 있던 딸기가 남았다. 딸기를 먹을까 말까 망설이다가, 젓가락으로 반을 잘라 입에 넣었다. 이사님도 딸기를 먹는지 딸기 씨앗을 오독오독 씹는 소리를 내고 있었다. 그걸 가만히 듣고 있는데 이사님이 문득 씹는 것을 멈추고 내게 물었다.

맛이 없어요?

네?

맛이 뭐가 이상해요?

라고 물으며 이사님은 여태 먹던 것을 새삼 맛보듯 입을 다셨다.

딸기가 뭔가 이상한가.

아니요 딸기 맛인데…… 왜요?

얼굴을 찌푸리고 있어서요.

아 그냥 생각하느라고.

무슨 생각을?

딸기를 드시는구나, 하고.

……먹죠. 이상해요? 딸기 먹는 게.

아니요.

아닌데 왜?

그게 아니고 그냥.

그냥?

………

………

그냥…… 제가 아는 사람 중에 딸기를 먹지 않는 사람이 있는데, 생각나서요.

그래요?

………

………

………

왜요?

네?

왜 안 먹는대요, 딸기.

……왠지 집요하시네요.

말하기 싫어요?

네.

말하기 싫은데 왜 먼저 얘기해…… 사람 궁금하게 만들어놓고 안 얘기하네요. 치사해.

안 치사해요.

안하잖아요 딸기 왜 안 먹는지.

제가 아니고요.

그러니까.

그게요 과일가게 아들인데요 딸기 안 먹는 사람이…… 왜냐하면 그 사람 어머니가 남은 과일을 매일 집에 가져왔대요. 상품으로 더는 내놓을 수 없는 과일을요. 그 사람 집엔 항상 과일이 있었는데 사과든 자두든 모두 물크러져서 껍질을 벗겨 먹어야 했대요. 그런 과일뿐, 그런 과일만 어린 시절부터 수년 동안 먹고 보니 과일이란 본래 그렇게 먹는 것이라고 생각하게 되었대요. 그래서 껍질째 먹어도 되는 성한 것이라도 과일은 반드시 껍질을 벗겨 먹어요. 사과도 복숭아도 자두도, 껍질은 못 먹는 것이라고 몸하고 정서로 기억하고 있기 때문에, 껍질이 있는 채로 먹으면 이상해진대요 실제로 몸이. 그러고 보니 세상에서 가장 먹기가 모호한 과일이 딸기,라는 거죠. 껍질의 경계가 모호해서 난감해,라면서.

그래요?

네.

그런 경우도 있네요.

그렇죠.

그게 누군데요?

네?

딸기를 먹지 않는, 과일가게 아들이던 사람.

그야 나기.

그것은 나기지.

조그만 열쇠. 그것을 나눠 가지고 있던 소년.

소라,라는 이름의 부족,이라는 것을 나는 그 소년에게 배웠다.

예컨대 나나는, 간장을 싫어하잖아.

라는 내용으로 시작되는 이야기였을 것이다.

나기는 스물다섯살 무렵에 일자리를 소개받아 일본으로 건너간 적
이 있었다. 떠나기 전날엔 나나와 나기와 내가 순자씨네 모여 다
같이 저녁을 해 먹었다. 밥과 반찬에 국을 먹고, 과일을 먹고 차를
마시며 쉬다가 남은 과일을 먹고, 순자씨가 전날 해둔 반죽을 생각
해내 세계 최강으로 쫄깃한 식감을 가진 수제비를 끓여서 맛있다
맛있다, 하며 냄비 바닥까지 긁어 먹고 차를 마시고 과일을 먹고,
하는 과정으로 여섯시간 동안 끊임없이 먹고 마시다가, 마지막 순
간엔 순자씨가 방에서 잠들고 나나는 상 밑으로 다리를 뻗은 채로
잠든 뒤, 나기와 내가 남았다.

요즘과 같은 여름이라고 나는 기억하고 있다.

자정이 넘어 활짝 열어둔 문으로 밤안개가 흘러들었다. 맥주는 금
세 미지근해졌고 거실엔 식은 기름 냄새가 배어 있었다. 나나가 이
따금 코를 골았다. 나방이 형광등에 날개를 비비며 날고 있었다. 나
기는 한쪽 손으로 다른 쪽 팔뚝을 긁으며 상을 내려다보았다. 나는
상당히 취한 채로 그다음 말이 이어지기를 기다리고 있었다.

예컨대 나나는, 간장을 싫어하잖아.

라고 말한 뒤 나기는 유리컵에 맺힌 물방울을 검지에 묻혀 상에 작
은 점을 찍었다.

이게 나나.

나는 가물가물 감기려는 눈을 억지로 뜨고 상 위의 작은 물방울을 들여다보았다.

이게 나나라고?

나나.

간장을 싫어하는 나나,라고 진지하게 대답한 뒤 나기는 그 옆을 꾹 찍어 물방울 하나를 더 만들었다.

이건 소라.

나?

간장을 좋아하는 소라.

마지막으로 세번째 것을 만들면서 나기는 그게 자신이라고 말했다. 다른 두개를 만든 뒤라서 면적이 좀 줄고 가장자리도 말끔하지 않은 것이었다.

그게 너야?

이게 나. 나는 간장이 좋지도 싫지도 않으니까. 간장이란 좋지도 싫지도 않은 검은 것. 그렇게 여기고 있어. 봐 이 공간에 셋뿐인데 이렇게 다르잖아. 간장을 좋아하냐 좋아하지 않냐, 하다못해 그런 질문에도 답이 다르잖아. 다 달라. 사소하게도 다르고 결정적일 때도 다르지. 말하자면 나는 간장에 무덤덤한 부족, 소라는 간장을 좋아하는 부족, 나나는 간장을 싫어하는 부족.

부족, 하고 생각하며 나는 세개의 투명한 점을 번갈아 바라보았다. 나, 나나, 나기. 나, 나나, 나기. 그런데…… 하고 나는 물었다.

부족이 되나. 부족민이고 뭐고 없는데?

니가 있잖아.

나?

족장이고 부족민인 니가.

나 하나뿐인데?

하나뿐인 부족도 있는 거지 세상엔.

나기는 이제 간장을 좋아한다.

좋아하나.

좋아한다기보다는 잘 다루게 되었다고 해야 할까.

잘 다루게 되는 것과 좋아하게 되는 것은 같을까. 같다고 말할 수
있을까.

다를까.

요리를 할 때 어찌나 적절하고 절묘하게 간장을 사용하는지. 나기
는 이제 간장을 잘 다루게 되었고 간장을 잘 다루는 나기가 나는
좋다. 간장을 다만 검은 것,이라고 말하던 나기와 마찬가지로 좋다.
마찬가지로 좋아할 수 있다는 것은 대단하다. 세상엔 그런 게 별로
없으니까. 대단하다고 나는 생각해. 나기는 대단해. 순자씨의 도시
락처럼 대단해.

그날밤이 어떻게 마무리되었는지 생각을 해보려고 하면 기억나는
것이 없다. 잠결에, 이제 간다,라는 말을 듣고 눈을 떠보니 나기가
준비를 마치고 거실에 서 있었다. 반팔 셔츠에 낡은 청바지 차림으

로 예상보다도 작은 사이즈의 여행가방을 곁에 세워두고 있었다. 깊게 잠든 나나는 내버려두고 순자씨와 내가 그 집 문 앞에서 초췌한 모습으로 나기를 배웅했다. 다녀올게. 나기는 그렇게 말하며 손을 흔들어 보인 뒤 어둑어둑한 새벽 속으로 여행가방을 돌돌 끌고 갔다. 어스름 속에서 순자씨가 코를 훌쩍거려, 우는 걸까, 하고 생각했는데 순자씨는 피곤이 밴 마른 눈으로 나기가 간 방향을 바라보고 있었다.

나기는 이년 뒤에, 떠날 때와 다름없는 옷차림에 다름없는 가방을 가지고 돌아왔는데, 그 모습은 차마 다름없다고 할 수는 없을 정도로 변해 있었다. 이년이 지났을 뿐인데 십년은 지난 듯한 모습으로, 어딘가 이상한 구석에 팽개쳐졌다가 간신히 탈출한 듯한 모습으로 귀환한 것이다. 가르마 부근의 머리털이 둥글게 빠져 있었고 위쪽 송곳니 하나가 없었다. 그렇게 될 때까지 어떤 일을 겪었는지, 물어도 나기는 웃을 뿐, 말하려 들지 않았다.

우리 동네에 조은슈퍼라는 곳이 있어요.
하고 이사님이 말했다.
그런데 둘러보니까 엄청 많은 거예요, 조은,이라는 이름이.
네에.
조은세탁소, 조은미용실, 조은약국, 조은베이커리.
그러고 보니 우리도 조은,이네요.
그렇죠 조은건설.

....

왜 그럴까요.

글쎄요.

왜 그럴까. 소라씨는 이유가 뭐라고 생각해요?

이유요?

조은,이라는 이름이 이렇게 많은 이유.

글쎄요, 좋고 싶으니까 그렇겠죠.

좋고 싶다?

정말 지금 좋다기보다는.

조은, 좋은, 조은…… 그럴 수 있겠네요.

네.

그런데 소라씨는 매일 뭘 그렇게 골똘하게 생각해요?

저요?

네.

그야…… 좋은 것을.

좋은 것?

좋은 것을.

하고 나는 답했다.

있지.

하고 애자는 말했다.

좋은 것은 좋지.

좋은 것들이 나타나면 사람들이 감탄하고 호들갑이지.

좋은 것들이 그렇게 귀한 대접을 받는 이유는 말 그대로 귀하기 때문이란다.

세상에 좋은 것들이 별로 없기 때문에 감탄하고 칭송하는 거란다.

별로 없어, 좋은 건.

그러니까 그런 걸 기대하며 살아서는 안되는 거야.

기대하고 기대할수록 실망이 늘어나고, 고통스러워질 뿐인 거야.

이렇게 말한 뒤 애자는 두개의 쇠구슬을 맞물려 닫는 가방에 손수건과 빗을 챙겨 요양원으로 갔다. 나나와 내가 그녀를 요양원에 데려다 두었다. 양지바른 비탈이 있고 진짜 연이 자라는 연못이 있는 요양원에. 애자가 그것을 기꺼워했는지는 잘 모르겠다. 잘 모르겠다,고 말하는 편이 좋다. 애자가 그것을 기꺼워하지 않았다거나 기꺼워했다고 우기는 것보다는 잘 모르겠다고 말하는 편이 좋을 것이다. 실제로 애자는 가고 싶다거나 가고 싶지 않다고는 말하지 않았으니까. 잘 모르겠다. 벌써 두달이나 된 이야기다.

그날 저녁을 생각해보자.

애자가 있었고 나나가 있었고 내가 있었다. 나나는 이제 막 퇴근하고 돌아온 참이라 스커트 아래 스타킹을 신고 있었다. 나, 더는 애자를 이 집에 두고 보살필 수가 없어. 그렇게 말하면서 나나는 단한번도 눈을 깜박이지 않았다. 눈을 커다랗게 뜨고 앉아서 꼼짝 않고 애자를 바라보았다. 블라우스가 좀 작아서 가슴 부분에 가로로 주름이 잡혀 있었다. 가엾은 나나. 이렇게 얘기하면 나나는 울 테지만, 나나가 독하다. 그런 생각을 하며 나는 앉아 있었다. 독해서 가엾어. 애자도 가엾고 나나도 가엾어.

그뒤로 돌아온 주말에, 나기의 낡은 자동차 뒷좌석에 애자를 앉히고 애자 곁에 나나가, 조수석에 내가 앉아서, 교외로 바람을 쐬러 가듯 요양원을 향해 갔다. 애자는 굵은 색실로 뜬 가방을 무릎에 올려두고 바람에 얼굴을 맡기고 있었다. 애자의 다른 짐들이 큼직한 종이가방에 담겨 내 다리 사이에 놓여 있었다. 나기는 별로 헤매지 않고 요양원으로 진입하는 언덕을 찾아냈다. 입구에 나지막한 춘백 春栢이 서서 끝물인 꽃을 너덜너덜하게 몇송이 달고 있었다. 애자는 접수처 앞에서 자물쇠로 잠긴 아이스크림 냉동고를 발견하고 가방을 그 위에 얹은 채로 속을 들여다보았다. 애자를 입원시키려면 가족 두사람의 동의가 필요한데 마침 두사람이라서 잘됐다고 말하며 나나는 입원동의서에 이름을 적었다. 손톱이 하얗게 질릴 정도로 볼펜을 꼭 쥐고 또박또박 이름을 적은 뒤 서류를 내게 내밀면서 나나는 며칠 전 저녁처럼 있는 대로 눈을 뜨고 나를 바라보았다.

아이스크림이네, 하고 말하는 애자의 목소리가 들려왔다.

애자가 간호사에게 이끌려 몸무게와 혈압을 재느라고 이리저리 오가는 동안 나나와 나기와 나는 애자의 짐을 끌어안고 그 뒤를 따라다녔다. 잠도 자지 않고 밥도 먹지 않고 나나와 내가 방심하는 틈을 타 과량으로 약 먹기를 반복해온 애자의 몸은 너무 말라서, 단한번의 충돌로도 툭, 꺾일 것 같은 모습을 하고 있었다. 접견실에서 애자는 담당 간호사의 질문에 차분하게 대답한 뒤 그녀를 따라 안으로 들어갔다. 나나와 나기와 나는 접견실에 남아 기다렸다. 또다른 간호사가 나타나 애자의 짐을 보자고 말했다. 나기가 내 품에서 종이가방을 넘겨받아 속을 보여주었다. 간호사는 가방에 든 것 가운데 날카로운 것, 부러뜨리거나 접으면 날카롭게 되는 것, 고리를 만들 수 있는 것, 질긴 것 등을 빼내고 가방에 달린 손잡이 끈도 풀어서, 봉투 형태가 된 종이가방을 가지고 갔다.

나나와 나기와 나는 접견실에서 기다리다가 애자를 보러 올라갔다. 철제 침대가 놓여 있고 유리를 끼우지 않은 그림 한점이 걸린 방이었다. 창을 통해 요양원 사람들이 공동으로 관리하는 고추밭과 그 너머 대숲이 보였다. 애자는 잿빛으로 센 머리카락을 단정하게 고쳐 묶은 모습으로 침대에 앉아 있었다. 애자가 벽에 걸린 그림을 가리켜 보였다. 저런 건 소용없으니 떼어줘. 나기가 침대를 밟고 서서 그림을 떼어냈다. 언덕에 모인 사람들을 향해 구멍 뚫린 손바닥을 펼쳐 보이고 있는 그리스도를 그린 그림이었다.

잘 가.

애자가 말했다.

나나와 나기와 나는 그림을 가지고 방을 나선 뒤 마당에 한동안 머물렀다. 연잎 틈으로 검은 기름 같은 못에 잠긴 연뿌리들이 보였다. 깨끗하게 마른 비탈엔 비질 자국이 있었고 고추밭의 흙은 적갈색이었다. 검은 벌이 빨간 팬지 위를 날았다. 날씨가 좋아 이 모든 것이 눈에 따가울 정도로 선명하게 보였다. 집으로 돌아오는 길엔 애

자의 말과 기척이 바람을 통해 빠져나가기를 빌며 창을 열고 달렸
다. 나나도 나기도 말을 하지 않았다. 바람이 거세게 차 속을 훑고
돌아 여기저기 소용돌이를 만들어냈고 그것에 휘말려 숨을 들이쉬
는 것이 간단하지 않았다. 사라진다고 생각했다. 가슴 부근부터, 사
라질 것 같다. 무색무취로 이렇게.
세계엔 이런 일뿐, 하고 순식간에 애자의 말에 휩쓸렸다.
아무래도 좋을 일과 아무래도 좋을 것.
이런 일뿐인 세계에서 살아가려면 애초부터 세계엔 그런 것뿐이라
고 여기는 것이 좋다.

매일 무엇을 생각하느냐고 묻다니.
그야 좋은 것을.
좋은 것을.

*

물어보자.
오늘 저녁에야말로 나나에게, 그렇게 결심했는데 뜻밖에도 출근
길, 정류장까지 가는 길에 묻고 말았다.
아침저녁으로 안개만 고일 뿐 여전히 비 소식은 없는 나날이었다.
하지만 임박했다. 임박했다는 것은 알 수 있었다. 습도가 하루하루
굉장해서, 낮이고 밤이고, 가만히 서 있을 때도 몸이 끈적끈적해졌

다. 안개에 관해 말하자면, 온갖 냄새가 그 속에 있었다. 씻기지 못해 자질구레한 냄새를 더해가는 대기의 냄새가 안개에 배어 있었고 밤새 안개에 잠긴 거리에서도 그 냄새가 났다. 이날 아침 출근 길에도 그런 냄새가 남아 있었다. 아침인데 벌써 무더웠다. 나나하고 둘이서 가급적 그늘을 따라 걷는데도 목에 닿는 머리카락이 젖을 정도로 땀이 흘렀다. 기온이 너무 높아서 흐르는 땀이 시원하게 여겨질 정도였다. 서로 한걸음씩 앞서거나 뒤서거나 하며 좁은 길을 묵묵히 걷고 있었다. 잎이 무성한 벚나무를 몇그루 지났을 때, 앞선 나나를 향해 임신했니, 하고 물었다. 하고 보니 간단해 깜짝 놀랐다. 그 간단한 것을 입 밖에 내지 못해 망설이고 눈치를 본 수일이, 어처구니없게 여겨지도록, 한순간이었다.

했어, 하고 나나는 고개를 끄덕였다.

지금 병원 가는데 같이 가볼래?

불시에 되돌아온 질문에 상황을 생각할 틈도 없이 가겠다고 대답을 했다.

다급한 일이 있으므로 오늘은 오후에 출근하겠다고 사무실에 전화를 해두고, 긴장한 채로 나나의 곁에 서 있다가, 전에 타본 적 없는 노선의 버스를 타고, 나나가 내리는 곳에서 따라 내렸다. 나나는 베이지색 블라우스에 검은 스커트를 입은 평소 출근 복장이었다. 그런 모습으로 마치 출근하듯, 목적지가 분명한 걸음걸이로 성큼성큼 길을 건너더니 산부인과 전문병원의 문을 밀고 로비로 들어섰다. 쾌적하고 서늘하게 관리하는 공기로 충만한 공간이었다. 로비를 가로지르는 동안 땀이 말랐다. 엘리베이터 곁에 커다란 카네이션과 장미와 작약이 꽂힌 수반이 놓여 있었는데 전부 생화였다. 아이보리색 벽엔 적당한 간격으로 그림이 걸려 있었고 그림들은 간접조명을 받아 부드럽게 색을 드러내고 있었다. 곳곳에 푹신하고 편해 보이는 소파가 놓여 있었다. 모든 게 편안하고 세련되어 보였다. 나는 불편했다. 불편하다는 것을 알아채지도 못하고 우왕좌왕하고 있었다. 생각건대 출산이란, 무엇보다도 비명과 고통과 출혈이었는데 그런 이미지와는 일부러 다른 것을 고르기라도 한 듯 부드럽고 환한 그 공간이, 이제 와 말하자면 조금 불편했다. 거짓말을 하는 것 같았으니까. 이렇게 편안하고 안락하다고 무책임한 거짓말을 하는 것 같았으니까.

내가 불편하거나 말거나 나나는 그 공간을 헤매지도 않고 이런저런 모퉁이를 획획 돌아 검사실을 찾아다녔다. 피 검사, 소변 검사, 초음파 검사. 오늘은 검사가 많은 날이라고 나나는 말했다. 어느 검사실이든 얼핏 모던한 전시실처럼 보이는 대기실이 딸려 있었고 산모들이 넓은 소파에 앉아 자기 순번을 기다리고 있었다. 초음파실 앞에서 나나를 앉히고 물을 가져다주었다. 나도 이곳에서 고깔 모양의 종이컵에 물을 받아 먹었다. 젊은 산모들이 은은한 불빛 아래 잡지를 넘겨 보고 있었다. 다른 병원의 대기실과는 미묘하게 달라서, 어디가 어떻게 다른지를 멍하게 생각하고 있다가 어디고 뭐고, 갈피를 완전히 놓치고 말았다. 도무지 갈피를 잡지 못하겠다는 생각만 반복해 생각했다. 이제 어떡해야 하는지 갈피를 잡지 못하겠다. 이제 나나에게 무엇을 물으면 좋을지 갈피를 잡지 못하겠다.
물어도 괜찮은 것과 괜찮지 않은 것은 도대체 무엇인지 그 갈피를.

나나야 아기가 생기니 어때.

그런 것을 묻자 나나는 더부룩해,라고 말했다.

더부룩해?

배 속에 커다란 싹이 튼 것 같은 기분,이라고 말한 뒤 나나는 빈 종이컵을 반으로 접었다.

싹?

속으로 되물으며 나나의 배를 바라보았다. 배 부분에 넓은 주름이 두개 잡힌 스커트라서 배가 볼록한지 어떤지 잘 알아볼 수가 없었다. 의료 가운을 입은 여자가 차트를 들여다보며 대기실로 나와 나나의 이름을 불렀다. 어영부영하는 사이 나나가 먼저 들어가고, 조금 뒤에는 보호자도 이쪽으로,라는 안내를 받아 나도 암막 커튼 안쪽으로 들어갔다. 나나는 어둠속에서 가운을 입고 침대에 누워 있었다. 앞섶을 열고 배를 드러낸 상태였는데, 아닌 게 아니라 배가 조금 볼록했다.

야속해라.

저 정도로 부르도록 모르게 하다니. 숨기다니. 저 정도나 되었는데 그것도 모르는 야속한 언니로 만들다니. 야속하다 야속해. 그렇게 생각하며 앉아 있는 틈에 눈물이 고였다. 나나야 배가 나왔다,라고 멍청하게 말하자, 이 정도는 별로 나오지 않은 거야, 하고 나나는 얄밉도록 의젓하게 말했다.

이제 봅니다, 하고 검사가 시작되었다.

담당의는 나나의 배꼽 근처에 투명한 액체를 짠 뒤 배 위에서 쓱 쓱 액체를 밀며 화면을 잡았다. 여기가 발, 하고 담당의가 말했다. 왼발, 발가락 다섯개, 여기가 팔뚝, 보이시죠, 팔뚝 뼈.

보이시죠,라고 물어서 화면을 향해 열심히 얼굴을 든 채로 고개를 끄덕였지만, 실은 내가 보고 있는 것이 뭔지 제대로 보고 있기는 한 것인지 알 수가 없었다. 나나의 발치에 솟은 검은 화면에 흰 노이즈들이 흩어져 희끗희끗한 그림자를 이루고 있었다. 여기가 손, 그리고 여기가 얼굴인데요, 하며 담당의가 커서를 움직였다.

아기가 팔로 얼굴을 가리고 있어서 눈 코 입이 보이질 않네요.

모처럼 검사를 하러 왔으니 얼굴을 보고 가라며 그녀는 나나를 몇 차례 돌아눕혔다. 나나는 네,라고 대답하며 고분고분하게 지시를 따랐다. 어느 순간 넓적하게 눌린 코가 보였다. 나도 모르게 앗, 외치고 얼굴이 눌렸다고 말하자, 이렇게 누르니까 눌렸죠, 못생겼다고 하면 안돼요,라고 담당의가 주의를 주었다. 보이죠? 그녀는 계속했다. 이게 심장 안에 있는 혈관,이라며 가느다란 고구마 모양의 덩어리를 보여주고, 심방, 심실, 하며 빠르게 열렸다 닫히기를 반복하는 네개의 어두운 방을 보여주고, 이것을 들어보라며 그 방에서 나는 소리를 들려주었다.

쐐, 쐐, 쐐, 쐐, 쐐, 쐐, 쐐.

두근, 두근, 하는 소리를 듣게 될 거라고 생각했는데 뜻밖에도 요란하게 쐐, 쐐, 하고 들려왔다.

쐐, 쐐.

쐐, 쐐.

쐐, 쐐.

쐐, 쐐.

바쁘구나,라고 생각했다.

격렬하구나.

아기가 괜찮을까.

저토록 비좁은 곳에서 메아리치는 소리를 듣고 있자면 그 소리에 일단 자기가 시달리겠다. 소리를 피해 도망갈 곳도 없이, 시끄럽겠다. 영 시끄럽겠다.

그런 생각을 두서없이 하다가 물었다.

아기가 듣나요?

담당의는 당연한 걸 묻는다는 기색으로 듣지요,라고 했다.

그러니까 못생겼다고 말하면 안되는 거예요.

쐐.

쐐.

쐐, 쐐.

쐐, 쐐.

쐐, 쐐.

이튿날에도 그 이튿날에도 그 소리에 사로잡혀 생각했다.

사람이 가장 격렬한 운동에너지를 발산할 때는 그렇게 배 속에 있을 때인지도 모르겠다.

평생을 사용할 눈이며 콩팥이며 비장이며 심장 같은 것을 단 몇개월 만에 만들어야 하니까.

쇄, 쇄.

쇄, 쇄.

쇄, 쇄.

쇄, 쇄.

인간이 모든 것을 자기 위주로 생각하는 것도 이상한 일은 아니겠어.

그렇게 말하자 나나와 나기가 무슨 말이냐는 듯 바라보았다.

일요일 밤, 나기가 샀에서 쓰고 남은 두부를 가져와 두부 크로켓을 만들어 먹자며 자정이 넘은 시간에 밀가루와 빵가루를 늘어놓고 기름을 데우던 참이었다. 뜬금없이 왜,라는 듯 바라보는 나나와 나기를 향해 나는 말했다. 왜냐하면 애초에 만들어질 때, 자기 소리를 들어가며 만들어지는 거잖아. 심장으로부터 흐르고 번져가는 소리를, 쇄, 쇄, 쇄, 하고 들으면서.

두근두근,이 아니고?

나기가 물었다.

나는 고개를 저었다.

쇄, 쇄, 쇄.

쌔, 쌔, 쌔?

쇄, 쇄, 쇄, 하던데.

혈관이라서 그래. 나나가 튀김 반죽이 묻은 젓가락을 아직 미지근한 기름에 담그며 말했다.

심장 속에 있는 혈관 소리라서 그런 거야.

나, 그걸 한번 들었더니 계속 들리는 것 같아 그 소리가.

그건 니 거지.

나기가 작게 자른 두부를 반죽에 담갔다가 빵가루에 굴리며 말했다.

계속 들린다면 니 몸에서 나는 소린 거지.

어쨌든 이렇게 자기 소리를 들어가며 만들어지잖아. 쐐, 쐐, 쐐, 하고. 온통 그 소리뿐인 공간에서.

다른 것도 있을걸.

다른 것?

엄마 몸에서 나는 소리도 있고 바깥 소리도 있고. 사람의 배라는 게 완전하게 방음이 되는 건 아닐 테니까.

그런가.

내가 말했다.

그렇대.

나나가 말했다.

그렇지?

나기가 말했다.

그래도 시끄럽긴 하겠다. 쎄, 쎄, 쎄, 매미 소리 같기도 하고.

다음엔 나도 들으러 갈까, 나기가 기름을 들여다보며 무심한 듯 말했다. 빵가루 옷을 입힌 두부를 뜨거운 기름에 담그자 기름 표면이 확 끓어올랐다. 나기는 긴 젓가락을 쥐고 있다가 위로 떠오른 두부를 건졌고 나나가 접시를 들고 그 곁에서 기다렸다가 익은 두부를 받아 가지런하게 쌓았다. 나기의 두부 크로켓이 피라미드 모양으로 큰 접시에 쌓였다. 각자 접시에 조금씩 덜었는데 한두개를 먹고 보니 역시 안주라서, 일요일 밤이라는 부담에도 불구하고 맥주를 꺼내왔다. 나기와 내가 맥주를 마시고 나나는 감잎차를 마셨다. 나는 이따금 큰 접시에서 나나의 접시로 두부를 옮겨주었다. 나나는 눈 아래 기미가 돋은 모습으로 자기 접시를 내려다보며 오물오물 먹고 있다가 내가 옮겨둔 두부 몇점을 젓가락으로 집어서 큰 접시에 돌려놓았다. 언제고 시간이 될 때,라고 나나는 말했다. 남자친구를 데려오면, 그때도 이거 만들어줄 거야?

같이 만들어줄 거야?

*

있지, 하며 애자는 사나흘에 한번씩 전화를 걸어왔다.

공예를 시작했어.

무슨 공예?

종이.

종이?

종이접기, 공예.

가위는 사용하지 않아,라고 애자는 덧붙였다. 가위를 사용할 일이 없도록 선생이 미리 알맞게 종이를 잘라 가져온다는 것이었다. 색지를 사용해 학을 접고 풍선을 접고 꽃을 만든다고 애자는 말했다. 어제는 작약을 일곱송이나 만들었어, 풀로 붙여서.

그랬어?

애자와 통화를 하면 배음으로 지, 지, 하는 소리라거나 치, 치, 하는 소리, 사아, 사아, 하는 소리가 들려왔다. 그 소리를 듣고 있으면 지금 애자가 전화를 걸고 있는 장소가 어디쯤인지를 그려보게 되었다. 야외에서, 햇빛이 드는 벽돌 벽을 바라보거나 등진 채로 전화를 걸고 있는 거겠지. 대숲은 파랗고 연못은 깊겠지. 치, 치, 사아, 사아. 나는 통화를 할 때마다 나나의 소식을 전할까 망설이다가 그렇게 얇은 날개를 비비는 듯한 소리들에 입이 닫혀, 매번 별다른 말 없이 전화를 끊고 있었다.

소라야.

소라야, 하고 부르는 저쪽의 목소리를 듣고도 한동안 누구인지 알아채지 못했다.

소라야, 근래에 애자가 그렇게 부른 적이 없는데도 처음엔 애자라고 생각했다.

니 백모伯母다.

라는 말을 듣고서야 애자가 아니라는 것을 알았다. 기묘하다고 생
각했다. 깨닫고 보니 애자와는 전혀 다른데. 말투도 목소리도, 전혀
다른데. 백모,라고 생각하는 동안 뒤통수 쪽으로 틀어올린 머리와
붉은 이마, 숱 적은 눈썹 아래로 대놓고 사람을 바라보는 눈이 떠
올랐다. 안녕하세요, 백모,라고 우물거리듯 인사하자 할머니의 생
신이 다가오고 있다고, 다짜고짜 백모는 말했다. 그런 이야기를 들
을 줄은 또 몰랐으므로 나는 잠자코 있었다. 금주씨가 죽은 뒤로
애자를 비롯해 나나와 나는 그런 자리에 참석한 적이 없었다. 알아
서 간 적도 없지만 오라는 연락을 받은 적도 없었다. 그렇다고 매
번 얼굴도 내밀지 않는 것은 누구의 작심이냐, 하고 백모는 책망하
는 투로 말한 뒤 이번 생신엔 할머니가 너희를 꼭 보고 싶다며 고
집을 부린다고 말했다. 이번엔 시외로 몸에 좋은 것을 먹으러 갈
것이라며 그녀는 나나와 나를 초대했다. 애자에 관한 이야기는 한
마디도 없었다. 나나와 둘이서 와라,라는 말에 나나에게 물어볼게
요,라고 대답은 했어도 아무래도, 가지는 않을 것이라고 생각했다.
노인이 돌아가실 때가 되었는지 별스럽게 고집을 부린다,라고 말
한 뒤 백모는 전화를 끊었다.
가지 않겠다고 할 줄 알았는데 나나는 의외로 흔쾌하게 가겠다고
했다.
뭘 먹겠대?
라고 묻는 말에 오리,라고 대답하자 오리 먹고 싶네, 먹으러 가자,
라고 나나는 말했다.

돌아온 일요일에 나나와 둘이서 집을 나섰다. 오리를 먹을 장소인 시외까지는 백모의 집에서 승합차를 타고 이동하기로 되어 있었으므로 일단 백모의 집으로 이동했다. 나나와 내가 사는 곳에서 백모의 집까지는 지하철로 삼십분가량 떨어진 거리였다. 역을 세개 지난 뒤 지상으로 올라간 지하철은 좀처럼 지하로 가라앉지 않고 줄곧 지상을 달렸다. 창으로 비쳐든 정오의 햇빛이 지하철 바닥에 나란히 놓인 나나의 발과 내 발을 데웠다. 나나는 잔꽃 무늬 원피스를 맵시 있게 입었고 맑은 얼굴색을 망치지 않을 정도로만 화장을 하고 있었다.

가족 모임이라는 이야기에 아버지의 다른 형제들을 포함해 더 많은 친척들이 모인 자리인 줄 알았는데, 도착하고 보니 백부와 백모, 그들의 아들과 딸, 할머니뿐으로, 큰집 식구들만 있었다. 거대한 꽃꽂이용 항아리가 놓인 거실로 안내되어 그 집 식구들과 오랜만에 대면했다. 할머니는 내가 기억하고 있는 것보다도 훨씬 늙은 모습이었다. 아들을 잡아먹었다,라고 말하며 금주씨의 장례식장에서 애자의 등을 때리던 기세는 간데없고, 다만 표정이 좋지 않은 노인의 모습으로 조금 뒤쪽에 앉아 있었다. 그토록 고집을 피우며 나나와 나를 보고 싶다더니 그렇지도 않은 기색이라서, 백모 쪽에서 말을 꾸몄나, 하고 나는 생각했다.

사촌들은 붙임성 있게 나나와 나를 대했다. 서너살 때 보고 그간 보지 못했는데도 계속 보아온 것처럼 나나와 나를 누나나 언니,라고 부르며 생글생글 웃었다. 백부와 백모도 산뜻한 중산층의 모습으로 삶에 어느정도 여유를 갖춘 부모의 태도를 보였다. 부드럽게 면박하고 장난스럽게 받아넘기는 농담이 오가는 분위기 속에서 나나와 나는 별다르게 할 말도 없어 잠자코 앉아 있었다.

나로 말하자면 사촌들의 스스럼없는 태도에 졸아들었다. 물감으로 그린 듯한 사촌들과 간장으로 그린 듯한 우리 자매. 입을 다물고 그런 생각을 하고 있었다. 싫은데도 그런 생각이 드는 것이 싫었다. 나나도 내 곁에서 긴장한 듯 등을 펴고 앉아 있었다. 화목한 쪽과 좀처럼 그 화목에 섞일 수 없는 쪽, 그리고 무슨 생각을 하는지 입을 다물고 이쪽저쪽을 노려보고 있는 노인, 이렇게 세 그룹으로 은근하고도 확연하게 나뉜 채 백부의 승합차에 올랐다. 부부가 운전석과 조수석에 앉고 나나와 내가 그 뒷자리에 앉고 할머니가 그 뒤에 홀로 앉고 사촌들이 맨 뒷자리에 앉았다. 백부는 버릇인 듯 백모를 누나,라고 부르고 있었다. 백부가 백모를 누나,라고 부를 때마다 쿡, 하고 옆구리를 찌르는 나나의 곁에서 나도 이따금 나나의 옆구리를 쿡, 찔러가며 시외로 실려갔다.

가는 길 내내 백모는 오리가 몸에 좋다, 특히 노인에게 좋다고 말했다. 외가 쪽 노인들에게도 듬뿍 사 먹이고 싶은데 사정이 넉넉하지 않아 유감이다, 이번엔 할머니 생신이라 특별히 마련한 자리다, 잡숫고 건강하게 사시라, 외가 쪽으로 노인 한분이 얼마 전에 돌아가셨는데 아침까지 건강하게 잡숫고 저녁에 기척 없이 돌아가셨다, 자식들 고생시키지 않고 가셨으니, 호상이다, 사람의 죽음은 그래야 한다,라고 호기롭게 말하고 있었다. 할머니로부터는 화답 한마디 없는 채로 화제는 맨 뒷자리에서 저희끼리 장난을 치고 있는 남매의 근황으로 이어졌다. 여자아이는 조만간 장학금을 받아 유학을 떠나는 모양이었다.

나나하고 소라는 만나는 사람이 없니?

백모가 문득 뒤쪽을 향해 물었다.

결혼은 언제들 할 거니?

라고 시작해서 하루라도 빨리 결혼을 해서 아이를 낳는 것이 좋다, 줄어드는 출산율에 덩달아 줄어드는 국력, 애국의 길이 다른 것이 아니라는 야릇한 결론까지, 자신감을 가지고 말하는 내용을 잠자코 들었다. 내가 앉은 자리에서는 뒤통수만 보일 뿐이라서 백모가 어떤 얼굴로 그런 말을 하는지는 알 수 없었다. 틀어올린 머리를 정수리쯤에서 나비 모양의 핀으로 고정해두고 있었다. 나비의 가슴이 터키석이었다. 아주 예전에도 백모는 저런 것으로 머리를 틀어올리고 있었지,라고 생각했다.

금주씨의 죽음을 정리한 친척들 가운데 이 내외가 있었다는 것을 떠올리고 말았다.

떠올리자 바로 떠올랐다. 애자가 죽은 것처럼 안방에 누워 있는 광경이었다. 거실에서 금주씨의 형제들이 금주씨의 회사 동료들과 언쟁을 벌이고 있었다. 기계를 멈췄다가 재가동하면서 경고를 하지 않았고 그 바람에 그가 죽은 것이다, 회사 측 과실이니 책임지는 것은 마땅하고, 이 사건 자체가 열악한 노동조건에 관한 투쟁이 되어야 한다고 말하는 사람들을 향해서, 이 집에 싸울 사람이 누가 있냐, 우리는 그런 데 관심 없다, 살길이 바쁘다,라고 금주씨의 형제들은 목소리를 높이고 있었다. 장례식장으로 양복을 입고 찾아온 회사 사람들을 상대한 것도, 그들과 합의금을 의논한 것도, 각자의 몫으로 돈을 나눈 것도 그들을 포함한 나의 친척들이었다. 애자는 그 과정 내내 자기 숨소리를 듣는 듯한 모습으로 누워 지냈고 나나와 나는 기가 질려서 어른들을 바라보며 애자 곁에 있었다.

백부의 승합차가 오른쪽으로 완만하게 커브를 돌아 목적지에 당도했다. 오리요리 집은 벼가 새파랗게 자란 국도변에 있었다. 마당이 딸린 옛날 기와집을 개조한 곳으로 오리를 먹으려는 사람이 많아 대기를 해야 했다. 기다리는 동안 산책할 수 있도록 뒷마당을 꾸며두었다는 안내를 받고 직원이 알려준 대로 모퉁이를 돌았다. 대강 자르고 쪼갠 듯 모서리가 날카로운 돌들을 쌓아 만든 계단 위에 정자가 있었고 정자 주변으로 철쭉이 듬성듬성 자라고 있었다. 날이 무더우니 그늘에 앉자고 백모가 말했다. 나나는 땀을 많이 흘리고 있었다. 눈썹에 땀이 고인 것을 보고 닦아주려고 손을 내밀었더니 성가신 듯 고개를 흔들었다. 육각형 정자 지붕 아래로 둥글게 마주보도록 놓인 의자에 앉아 서로를 향해 발을 내민 채로 한동안 침묵이 흘렀다.

다 컸네,라고 백모가 피로한 기색으로 나나와 나를 향해 말했다. 다 커서 몰라보겠네. 길에서 마주쳤더라도 모르고 지나갔겠다. 그래도 친척이지. 여기 있는 사람 가운데 누구 하나가 죽으면 결국

한자리에 모일 사람들인 거야.

이런 이야기를 드문드문 듣고 있다가 자리가 준비되었다는 말을 듣고 일어났다. 돌계단엔 이끼가 자라 있었고 높낮이가 일정하지 않아 아래로 발을 딛기가 수월하지 않았다. 나는 나나가 잡고 내려올 수 있도록 손을 내밀었으나 나나는 그 손을 가볍게 밀어내고 제 발로 타박타박 내려왔다.

기름이 밴 상 앞에서 오리를 기다렸다. 통나무를 절반으로 쪼개 만든 상은 발이 깔릴 것처럼 묵직해 보였고 바닥을 향한 밑면엔 검은 비늘 같은 나무껍질이 고스란히 남아 있었다. 그 상 위로 빈틈이 없을 정도로 접시들이 놓인 뒤 약초를 먹인 오리고기가 나왔다. 생신을 맞은 할머니는 끄트머리에 앉혀두고 백부와 백모가 중앙에 앉아 활발하게 요리를 평가하며 오리를 나누었다. 나는 내 쪽에서 가까운 접시에 놓인 오리고기를 집어 나나의 접시에 놓았다. 나나가 그것을 겨자 소스에 담갔다가 먹었다. 할머니를 제외하고 큰집 식구들은 사촌의 유학 이야기로 정신이 없었다. 치안과 환율이 어떻고 더위와 습기가 어떻고, 하는 이야기가 오가는 동안 나나와 나는 묵묵히 요리를 먹었다. 몇차례 더, 오리고기를 나나의 접시로 옮겨놓고 곁들여 먹을 부추무침을 옮기려는데, 상 밑에서 나나가 싸늘한 손으로 내 손을 잡았다. 됐어,라고 나나는 속삭이듯 말했다.

이제 그만해.

얘는 별명이 압둘이다,라고 백모가 나의 사촌을 가리키며 말하고 있었다.

지 아빠를 닮아가지고, 이목구비가 중동 사람처럼 또렷해서 별명이 압둘이야.

다만 그뿐인 일정이었는데 돌아오는 길엔 해가 졌다.

좋은 것을 먹었다,라면서 만족한 듯 입을 다시는 백부의 곁에 백모가 앉고 그 뒷자리에 할머니가 앉고 그 뒷자리에 나나와 내가 앉고 그 뒷자리에 사촌들이 나란히 앉은 채로 시를 향해 출발했다. 시외에서 시로 진입하려는 차가 많아 돌아가는 속도가 더뎠다. 가다가 서기를 반복하는 차 안으로 저물기 직전의 햇빛이 노랗게 비쳐들었다. 올 때와는 다르게 고요했다. 사촌들도 백모도 할머니도 모두 기름진 것을 먹은 포만감에 졸고 있었다. 백부가 틀어둔 라디오에서 아르앤드비 가수가 아르앤드비 리듬으로 「문 리버」를 부르고 있었다. 에어컨디셔너로 싸늘해진 자리에서 보고 있자니 창밖의 타는 듯한 노란빛은 묘하게 현실감이 없었다. 곧 어두운 분홍색으로 날이 저물 참이었다. 피곤했다. 나나는 한쪽으로 머리를 기울인 채 잠들어 있었다. 밥을 먹는 동안 자주 건드렸는지 턱 주변의 화장이 지워져 있었다. 나도 눈을 감고 꾸벅꾸벅 졸고 있을 때 얘, 하고 탁하게 부르는 소리가 들려왔다. 눈을 떠보니 앞자리에서 할머니가 이쪽을 돌아보고 있었다. 부르는 소리를 들었는데, 꿈이었나, 싶을 정도로 한참을 말이 없다가 그녀는 말했다.

나나는 자는 모습이 금주를 닮았구나.

불시에 금주씨의 이름을 듣고 나는 뭐라고 대꾸해야 할지 몰랐다.

금주씨는 금주씨지. 나나도 나도 애자도 금주씨를 금주씨라고 부르지만 다른 사람의 입으로 말하는 것을 듣고 보니 그것은 생소한 이름이었다. 허를 찔린 듯한 심정이 되었다. 더구나 금주씨를 금주, 라고 부를 수 있는 사람.

이제 세계에 얼마 없을 테지.

늙은 얼굴을 바라보며 그런 걸 생각했다. 할머니는 주름진 눈꺼풀로 덮인 눈을 깜박이더니 다시 앞을 향해 앉았다. 나나가 잠결에 깊은 한숨을 쉬었다.

그러지 마.

라는 내용으로, 그날밤엔 나나와 다퉜다.

그렇게 하지 마,라면서 나나는 방을 자박자박 돌았다.

언니가 이렇게 할까봐 나는 말하지 않은 건데.

이렇게라니.

이렇게.

내가 뭘 어쨌는데.

보살피고, 친절하게 굴려고 하고.

친절하면 안돼?

친절하고 싶지도 않으면서.

그걸 니가 알아? 친절하고 싶은지 아닌지, 니가 알아?

나는 알지. 언니를 나는 알지. 언니는 싫어. 싫은 거야. 실은 싫으면서, 가엾은 임산부 대하듯이, 나한테 그러지 말라고.

그런 적 없어.

그러고 있어.

싫어,라고 나나는 말했다.

싫으면서 그렇게 챙겨주는 거, 징그럽고, 싫어.

머리를 한대 맞은 것처럼 멍해져서 나나를 바라보았다. 무슨 말을 들었나 싶었다. 나나는 자기 생각에 잠긴 채 바닥을 내려다보며 계속 걷고 있었다. 소화가 되지 않는다며 아까부터 손가락 사이를 다른 쪽 손으로 비틀듯 주무르고 있었다. 손가락 뿌리 부근이 벌써 빨갰다. 뭘 어떻게 했느냐고 나는 물었다. 떨릴 정도로 긴장해서 혀를 씹는 듯한 발음이 되고 말았다.

걱정이 되니까 잘 대해주려는 거잖아.

잘 안 대해주면 돼.

그게 무슨 말이냐.

말 그대로야. 내버려둬. 싫으면 내버려둬. 싫으면 싫다고 차라리 말을 하든가. 싫다고 하지 못하겠거든 내버려둬. 거짓말로 친절하게 대하지 마. 보살피려고 하지 마.

언니는 옛날하고 똑같은 것을 반복할 셈이지,라는 말에 옛날이라니, 언제 적 무슨 일을 말하는 걸까, 하고 어안이 벙벙해 생각했다. 어릴 때,라고 나나는 잘라 말했다.

옛날에 애들이 했던 것처럼, 금주씨 장례식 끝나고 학교로 돌아가서 만난 애들이 언니하고 나한테 그랬던 것처럼, 친절하게 굴려는 거야. 걔들은 있잖아 친절을 베푼 거야, 불쌍하니까. 불쌍하고 무섭지만 아무튼 자기들 일은 아니니까, 언니하고 나를 멀리서, 멀리서 관찰하면서, 친절하게 대해준 거야. 언니가 나한테 그러고 있어. 싫다고도 하지 않고, 싸우려고도 하지 않고, 지금 그러고 있어. 나는 다 알고 있는데? 성가시면서. 나를 싫다고 생각하면서. 언제나 내가 없었으면 좋겠다고 생각하면서. 그러면서 거짓말로 친절하지. 싫은 것을 감추고 보살피지.

나나는 걷던 것을 멈추고 털썩 앉으며 말했다.

언니가 그렇게 하니까 나는 굉장히 약해진 것 같고.

세상에 나 혼자뿐이라는 생각이 들어서, 외로워져.

*

쌍년.

하고 생각했다.

쌍년.

하고 두고두고 생각했다.

징그럽다니.

평소엔 소라,라고 부르면서 그런 때는 언니,라고 부르지.

그런 때만 언니,라고 부르지.

그런 때만.

그대로 며칠이고 냉랭한 분위기가 이어졌다.

나나가 멀었다. 멀어도 너무 멀어서 여태 내가 알던 것과는 다른 사람 같았고 심지어는 다른 생물 같았다. 둘이라서 긴밀하다고 생각했는데 나는 느닷없이 징그러운 사람이 되어버렸다. 느닷없다는 것은 내 자만일지도 모른다,라는 생각까지 하게 되자 저절로 입이 닫혔다. 평소에 그렇게 생각한 것이 잦았으므로 간단하게 그 말을 입에 올렸는지도 모른다. 징그럽다는 말은 내가 들었지만 그 정도 호의를 보였다고 그렇게까지 말을 한 나나야말로 징그러운 사람, 이라고 생각했다. 그렇게 생각하려고 노력했다.

싫다.

싫어.

하지만 할 수 없잖아?

동생이니까.

이미.

나나의 뒤통수를 향해 그렇게 외치고 싶은 것을 참느라고 하루에 서너번은 얼굴을 붉혔다.

서서히 몸에 부담이 오는지 아침에 잘 일어나지 못하거나 정수리쯤이 눌린 채로 신발을 신으려고 현관에 앉아 있는 모습을 보면 안쓰럽다가도, 징그럽다,라는 말이 고스란히 떠올라 명치가 싸늘해졌다. 나나와 나는 서로를 맞닥뜨리지 않도록 출근과 귀가 시간을 앞뒤로 조절했다. 집 안에 있을 때는 같은 극을 지닌 자석처럼 멀

찍이 서로를 우회했다. 날도 더운데 방문을 닫고 머물렀다. 이쪽에서 달칵, 열고 나가면 저쪽에서 들어가며 달칵, 하고 닫았다. 달칵, 하고 이쪽을 닫으면 달칵, 하고 저쪽을 여는 소리가 들려왔다. 욕실이나 거실에 볼일이 있을 때는 문에 바짝 다가서서 방 바깥의 기척을 살폈다. 좁은 집 안에서 이렇게 지내려니 불편하고 피곤했으나 그럴수록 딱딱하게 마음이 굳었다.

쌍년.

하고 생각했다.

*

꿈을 꾸었다.

나나와 내가 나오는 꿈이었다. 나나와 나는 버섯 규모로 작아져서 사람들이 오가는 길에 서 있었다. 폭탄이 떨어지는 듯한 소리를 내며 바닥을 딛고 가는 거대한 발들 틈에서 나나와 나는 용케 밟히지 않은 채로 삽을 쥐고 서 있었다. 발 쪽을 내려다보니 막대기로 그린 듯한 동그라미 속이었다.

자, 이제 팔 거야.

라고 말한 뒤 나는 발 근처의 땅을 파기 시작했다. 나나도 내 곁에서 땅에 삽을 꽂았다. 이제 시작했다,라고 생각했는데 어느 틈엔가 내가 만든 구덩이 속에 서 있었다. 머리를 들고 위를 보니 내가 퍼낸 흙이 쌓인 구덩이 가장자리가 보였다. 잘게 찢어낸 솜 같은 구름이 뜬 하늘도 보였다. 나나는 여태 파고 있는지도 몰랐다. 흙을 떠내는 소리가 삭, 슷, 삭, 슷, 하고 규칙적으로 들려왔다. 가만히 얼굴을 들고 구덩이 가장자리를 보고 있는 사이 그 소리가 멈췄다. 언니, 하고 부르는 소리가 가늘게 들려왔다. 그 소리에 화답하려고 나나야,라고 부르다가 커튼에 얼굴을 쓸려 눈을 떴다.

삭, 슷, 하고 들려온 것은 커튼 자락이 얼굴을 스치는 소리였던 모양이다. 최근엔 밤이 무더워 창 쪽에 머리를 두고 자고 있었다. 밤새 돌아간 선풍기가 후줄근한 기색으로 공기를 휘젓고 있었다. 나나야, 하고 목소리를 냈는지도 모르겠다고 생각하며 일어났다. 주말이라 늦잠을 자고 말았다.

거실로 나가보니 나나가 큰 컵에 우유를 담아 마시고 있었다. 모르는 척 냉장고로 다가가 물병을 꺼냈다. 컵에 물을 따르려는데 공기가 진동했다. 벽이며 바닥도 미세하게 진동하고 있었다. 창가로 가서 보니 승용차 한대가 엔진을 공회전하며 일층에 서 있었다. 은색 차체가 뜨겁게 달궈져 반짝거렸다. 냉기를 가두느라고 닫힌 차창 안으로 누군가를 기다리는 듯 양팔을 운전대에 얹고 있는 사람이 보였다. 열기가 외벽을 타고 내가 서 있는 창으로 올라왔다. 창에 달린 풍령이 그 바람에 잘강거렸다. 나나가 방으로 들어가며 달칵, 문을 닫았다.

그대로 집에 머물기도 답답하고 어색해 운동화를 신고 산책을 나섰다. 지하철역까지 걸어갔다가 아예 지하철을 타고 두 정거장 떨어진 강변으로 나갔다. 날씨 좋은 휴일을 맞아 나온 사람이 많았다.

뜨거운 잔디에 앉아 인라인스케이트를 타거나 자전거를 타거나 개를 산책시키며 지나가는 사람들을 바라보았다. 돌아올 때는 집으로 가는 지하철을 탄 김에 내려야 할 곳에서 내리지 않고 조금 더 갔다가 애자가 머무는 요양원으로 가는 지하철로 갈아탔다. 계획에 없던 여정이라 트레이닝복 차림에 낡은 운동화, 가방도 뭣도 없이 카드 한장을 가지고 있었다. 지하철에서 내린 뒤엔 햇빛과 마른 흙먼지들이 소용돌이치는 무더운 차양 아래서 이십분가량 버스를 기다린 뒤, 터덜거리며 도착한 버스에 올라탔다.

요양원으로 올라가는 언덕 가장자리엔 빨간 샐비어와 백일홍이 자라고 있었다. 연으로 덮인 못은 물비린내를 풍기며 진득하게 녹고 있는 것처럼 보였다. 멀리 대숲은 꿈쩍도 하지 않았다.

방문객을 맞는 접수창구엔 검은 하드커버로 된 노트가 놓여 있었다. 고무줄로 묶인 볼펜을 당겨 방문자 명단에 애자의 이름과 내 이름을 적었다.

애자는 별반 반기는 기색도 없이 나를 맞았다.

라디오 음악이 흐르는 공작실에서 타원형으로 오린 종이를 겹쳐 꽃송이를 만들고 있는 참이었다.

삼십분 전에 간식을 먹고 남은 것이라며 플라스틱 병에 담긴 요구르트를 주머니에서 꺼내 내게 주었다. 애자의 체온으로 데워져 미지근했다. 병 주둥이를 덮은 은박 위에 엄지 두개를 대고 눌러서 구멍 두개를 내고 그 가운데 하나에 입을 대고 마셨다. 이렇게 해야 요구르트를 막힘없이 잘 마실 수 있다. 나나에게 배웠다.

그렇지.

나나에게 배웠지, 하고 멍하니 생각했다.

있지.

라고 애자는 말했다.

최근에 아래층에 들어온 사람이 이런 이야기를 해줬어.

부부가 있었대.

어릴 적에 자기가 살던 마을에 금실이 좋은 젊은 부부가 있었대.

좋아도 너무 좋아서 귀신에게 시기를 받은 거지.

장맛비가 내리던 날 내를 건너 집으로 돌아오던 남편이 물에 휩쓸렸대.

마을 사람들이 하류에서 뱅글뱅글 돌고 있는 우산을 발견했대.

부인은 믿지 않았대.

어딘가에 남편이 살아 있다고 믿고 여름과 가을 내내 내를 따라 오르내리며 남편을 불렀대.

마을 사람들이 딱하게 여겨 그 집을 찾아가 아궁이에 불을 지펴주었대.

하루는 부엌 문간에 앉아서 아궁이 쪽을 바라보던 여자가 모처럼 웃더래.

불을 피우던 사람이 잠시 자리를 비웠다가 돌아오고 보니 여자가 아궁이 속에 들어가 있더래.

빨간 불 속에서 여자의 표정이며 피부가 그토록 아름답더래.

아름답더래.

나는 그렇게 못해서, 아름답지 못한 것이 되고 말았어.

그렇지 않아,라고 나는 말했다.

여전히 예뻐.

그 얘기가 아니잖니,라며 애자는 한숨을 쉬고 팔락, 종이를 접었다.

라디오에서 시보로 다섯시를 알리고 있었다.

娜娜

나나입니다.

말해보겠습니다.

나나娜娜라고 씁니다. 앞 글자도 뒤 글자도 나娜.

나,라는 글자가 두번이나 반복되어서 나나. 앞으로도 뒤로도 아름답다는 뜻입니다. 이런 이름을 지어준 사람은 아홉 가운데 여덟의 확률로 애자입니다. 애자답다,라는 것은 소라의 의견이고 애자가 지나치다,라는 것이 나나로서 당사자인 나의 생각입니다. 애자의 함량이 지나치게 높은 이름인 것입니다.

어쨌거나 나는 나라고 말해도 나. 나나라고 말해도 나.

나나라는 이름은 나나라고 말하기에 좋습니다. 소연이라는 사람이 스스로를 소연이는, 소연이가,라고 말하거나 연숙이라는 사람이 스스로를 연숙이가,라고 말하는 것보다는 매끄러운 어감이라고 생각합니다. 이따금 나나라고 자칭합니다. 자의식이 굉장한 사람이나 자신을 자신의 이름으로 부르는 거야,라는 새침한 지적을 들은 적도 있지만 그 정도의 자의식을 불쾌하게 여기고 지적하는 자의식도 상당히 굉장하다,라는 것이 나나의 생각입니다. 나는 나나. 나나는 나. 좋아하는 것보다도 싫어하는 것보다도 좋아하지 않는 것이 잔뜩 있습니다. 좋아하는 것도 싫어하는 것도 결국은 비등한 에너지의 소요. 이것저것을 좋아하거나 싫어하는 것보다는 차라리 좋아하지 않는 것이 좋습니다. 그런 것을 잔뜩 만들어두었습니다. 복숭아를 좋아하지 않고 사과를 좋아하지 않고 겨울을 좋아하지 않습니다. 눈도 비도 좋아하지 않습니다. 고양이도 개도 좋아하지 않고 부엉이도 좋아하지 않습니다. 어릴 때부터 어른을 좋아하지 않았고 아이도 좋아하지 않았습니다. 어른도 아이도 좋아하지 않는 것은 현재도 마찬가지인데, 임산부입니다.

임산부,라고 말하자니 어색하네. 임산부의 부는 부婦. 나는 나나일 뿐 아직은 며느리도 아내도 아니라서 어색하게 여겨지는지도 모르겠습니다. 자꾸 말하면 익숙해지나, 임산부. 임산부,라고 자꾸 적고 보면 어떨까 싶어서 임산부,라고 다시 적어보지만 여전히 어색하네. 어떻게 보일지는 몰라도 나는 지금 어색합니다. 어색하고 불안합니다. 경계하고 있습니다. 경계할 때는 나나라고 말합니다. 쓸쓸할 때도 나나라고 말합니다. 쓸쓸하고 불안할수록 나나가 늘어서 나나나나. 나나에게 나나라는 이름을 붙여준 애자는 본인의 이름 그대로 사랑으로 가득하고 사랑으로 넘쳐서 사랑뿐인 사람이었습니다. 사랑뿐이던 애자는 그 사랑을 잃자 껍질만 남은 묘한 것이 되어버렸습니다.

소라와 나의 아버지인 금주씨가 살아 있을 적에, 나는 정말로 묘한 것을 본 적이 있습니다.

고아로 자란 애자가 어느 해인지 부모의 제사상을 마련하고 제사를 올린 적이 있었습니다. 여름이었다고 기억합니다. 그 무렵 애자는 어떤 사람이 꿈에 보인다고 자주 말하곤 했습니다. 모르는 사람으로, 머리맡에 가만히 앉아 있기도 하고 바가 좋으냐 솥이 좋으냐 뜻 모를 것을 묻기도 하고 으그그그 신음하기도 한다는데, 그 사람이 실은 죽은 사람 같다는 것이었습니다. 아무래도 심상하지 않다며 어딘가의 점집으로 점을 보러 갔던 애자는 보통 때와 다름없는 얼굴로 돌아와서는 부모 가운데 오래전에 객사한 사람이 있대,라고 말했습니다. 제사상을 받지 못해 목이 말라 자꾸 찾아오는 거래. 제사상은 소규모로 애자와 금주씨가 사용하는 방에 마련되었습니다. 가장 넓은 벽에 지방문이 적힌 종이를 붙여두고 그 아래 놓인 상에 떡과 배와 곡주를 담은 그릇을 놓은 뒤 금주씨부터 절을 올렸습니다. 지방문은 금주씨의 글씨로 적혀 있었는데 먹을 담뿍 써서 글자 주변으로 종이가 우글우글하게 울어 있었습니다. 귀신처럼 고불고불한 저 글자들을 뭐라고 읽느냐고 묻자 금주씨는 현고학생부군신위, 현비유인모씨신위,라고 읽어주었습니다. 왼쪽은 나나의 할아버지, 오른쪽은 나나의 할머니,라고 덧붙인 뒤, 산 사람에겐 송구하지만 돌아가신 분이 어느 쪽인지 모르니까, 둘 다 적었어,라고 금주씨는 말했습니다. 그가 가르쳐주는 대로 소라와 내가 납죽납죽 절을 올리고 나자 애자의 차례가 되었습니다. 두번째 절을 마친 뒤에도 애자는 엎드린 채 가만히 있었습니다. 엉덩이 아래 하얀 발바닥을 드러낸 채로 한참이나 다만 엎드려 있었으므로 소라와 나는 안절부절못했지만 금주씨는 애자를 내버려두고 있었습니다.

보름이었다고 기억합니다.

절 올리기를 마친 뒤에는 죽은 사람이 편하게 먹을 수 있도록 상이 차려진 방을 비우고 거실로 나와 수박을 먹었습니다. 애자는 멀쩡한 모습으로 칼을 손에 쥐고 먹기 좋은 두께로 수박을 잘랐습니다. 애자의 칼질로 빨갛게 펼쳐진 수박은 가장자리까지 달게 익은 것이었습니다. 소라와 둘이서 가장 맛 좋은 가운데 부분을 쟁탈하듯 먹느라고 상당한 수박을 먹은 나는 오줌을 누려고 식구들 곁을 떠나 욕실로 향했습니다. 가는 길에 보니 제사상이 놓인 방으로 들어가는 문이 조금 열려 있었습니다. 손가락 두마디쯤의 틈으로 나는 별다른 생각 없이 방 안을 엿보았고, 촛농과 조그만 불꽃 냄새, 먹 냄새가 은근하게 풍겨나오는 문틈으로 접시에 놓인 배를 만지는 손을 보았습니다. 어떤 손인지를 파악해볼 겨를도 없이 짧은 순간이었습니다. 누군가 있네, 하고 생각한 뒤로는 그 문 앞을 떠나 욕실에서 오줌을 누고, 식구들이 모인 자리로 돌아가 수박을 마저 먹었습니다. 보고도 뭘 보았는지 몰라 문틈으로 본 것은 금세 잊었습니다. 비밀이고 뭐고 곧장 잊어버려서, 나만 아는 일이 되어버린 것입니다.

그 손의 사람,이라고 짐작되는 사람의 꿈을 꾼 것은 바로 오늘 아침의 일입니다.

눈을 뜨고 보니 방 안이 몹시 어두웠고 머리맡엔 큰 창이 있었습니다. 내 방의 창은 그렇게 크지 않아서 아 이것은 꿈이로구나, 생각했습니다. 왼쪽에서 오른쪽 방향으로 오르는 계단이 창밖에 있었고 전에 본 적이 없는 할머니가 그 계단에 웅크리고 앉아 방 안을 들여다보고 있었습니다. 위쪽 어딘가에 푸르스름한 광원이 있어, 숱 적은 정수리와 동그스름한 어깨로 불빛을 받으며 잠자코 앉은 모습이었습니다. 할머니는 서글픈 기색으로 방을 들여다보고 있다가 그늘진 입을 우물우물 움직여 애자는 어디에 있니,라고 물었습니다. 애자는 요양원에 있어,라고 대답하자 조금 더 서글픈 기색이 되어서는 데리고 와,라고 그녀는 말했습니다. 그 손의 사람이로구나, 하고 꿈속에서 생각했습니다. 오래전 나나가 곧바로 잊었던 그 손의 사람, 할머니로구나. 애자의 엄마로구나.
그렇지 않을까?

그런 꿈을 꾸었다고 소라에게 말한 뒤 그렇지 않을까,라고 묻고 싶지만 물을 수 없습니다. 최근에는 소라와 거의 이야기하지 않습니다. 소라도 나나와 이야기하지 않습니다. 소라와 나, 둘 중에 어느 쪽이 더 이야기하고 싶지 않은지는 나도 모르겠습니다. 소라에게 심한 말을 해버린 것은 내 쪽이었다고 생각합니다. 징그럽다고 말해버렸으니까. 소라는 충격을 받은 얼굴이었습니다. 충격을 받아서 하얗게 질리고 말았는데 충격을 받을 것이 없었다면 그 정도의 얼굴이 되지는 않았을 것입니다. 제대로 건드렸으므로 제대로 충격을 받고 만 것이다, 실은 그렇게 여기고 있습니다. 소라는 교활해. 소라는 연약해. 연약하고 교활해. 이윽고 엄마가 될 몸 같은 것, 실은 섬뜩하다고 여기고 있으면서, 아기 같은 건 싫다고 생각하고 있으면서, 친절하게 대해주었으니까. 그저 모두가 하는 대로, 텔레비전에서 본 대로, 마음도 무엇도 없는 친절을 베풀었으니까.

엉망진창.

소라는 이따금 애자를 보지 못할 때가 있습니다.

언제부터였는지 모르게 눈치를 챘을 때는 이미 그렇게 되어 있었습니다. 애자가 같은 공간에 있다는 것을 뒤늦게 알아채고 앗 깜짝이야, 하고 놀라는 상황을 우습게 여기고 함께 웃으며 넘어간 것도 수차례, 이윽고 더는 웃을 수 없는 상황에 이르고 만 시점은, 삼년 전이었습니다.

그해 가을에서 겨울로 넘어가는 환절기에 나는 지독한 감기에 걸려 나흘이나 회사를 결근한 적이 있었습니다. 열이 올랐다가 내리기를 반복하고 끔찍한 오한에 근육통을 앓느라고 녹진녹진, 온몸이 녹아내리는 듯한 나날을 보내던 참이었습니다. 애자마저 걱정이 되었는지 그날은 내 방에 머물고 있었습니다. 다른 날과 같이 저녁에 퇴근해서 돌아온 소라는 좀 어떠냐고 물으며 내 이부자리 곁에 앉았고 가방을 뒤져 바나나 푸딩을 꺼내놓았습니다. 근처 수제과자점에서 파는 것으로 플라스틱 컵에 담긴 노란 푸딩의 맛이 거의 솔직한 바나나 맛이라서 소라도 나도 자주 사 먹곤 했던 푸딩이었습니다. 소라는 하루 종일 신고 다녀 먼지가 앉은 스타킹을 신은 다리를 뻗고 푸딩을 하나씩 꺼내 자기 스커트 위에 올렸습니다. 푸딩 포장을 뜯어 플라스틱 스푼과 함께 내 손에 쥐여주고 이건 애자 것, 하며 한개를 바닥에 내려놓은 뒤 자기 몫의 푸딩을 먹기 시작했습니다. 평소 음식을 먹는 모습 그대로, 노랗고 불투명한 푸딩 표면을 내려다보며 골똘하고 성실하게, 천천히 천천히, 먹고 있었습니다. 열에 시달려 가물가물해진 눈으로 그 모습을 보고 있다가 애자도 줘, 하고 내가 말하자 소라는 바나나 푸딩을 한숟가락 떠먹으며 방에 없던데,라고 말했습니다.

여기 있잖아.

그렇게 말하자 소라는 숟가락을 입에 문 채로 눈을 동그랗게 뜨고 방 안을 두리번거렸습니다. 애자가 내 발치에 앉아 있었는데도 말입니다. 애자가 앉은 방향을 보고도 보지 못하고 어리둥절한 얼굴을 하고 있었던 것입니다. 애자는 내가 덮고 있는 이불자락을 깔고 앉은 모습으로, 자신을 보지 못하는 소라를 잠자코 바라보고 있었습니다. 열 때문에 맺힌 눈물로 그렁그렁해진 내 눈에는 소라도 애자도 모두, 비등한 정도로 섬뜩하게 여겨진 순간이었습니다.

누군가가 자신을 보지 못하거나 보거나 애자에게는 사실 상관없는 일인지도 모르겠습니다.

자신을 보지 못하거나 보거나.

그 사람에게 그게 무슨 상관이야.

금주씨가 죽은 시점에 애자는 이미 죽은 것이 아닌가,라는 생각을 할 때가 있습니다.

애자는 오래전에 죽으려고 한 적이 있습니다.

소라가 열한살이고 내가 열살이었을 때, 그전까지 금주씨와 살던 집에서 짐을 꾸려 나온 직후였습니다. 이제까지 살아온 집을 떠나 이제부터 살 집에 당도한 뒤, 빌린 수레를 돌려주고 오라는 애자의 부탁을 받고 소라와 나는 둘이서 집을 나섰습니다. 넝마주이의 수레는 바닥에 합판을 대고 때운 흔적이 있는 낡은 것이었고 풀지 못한 노끈 매듭이 여기저기 남아 있었습니다. 수레의 손잡이는 닳고 닳은 고무줄로 친친 감겨 부드러웠습니다. 처음엔 둘이서 나란히 이 손잡이에 매달리듯 밀고 끌며 걷다가 나중엔 놀이 삼아 번갈아가며 수레를 탔습니다. 서른걸음마다 위치를 바꾸고 입장을 바꿉니다. 그런 규칙으로 이마며 관자놀이에 송골송골 땀이 맺힐 때까지 수레를 밀며 타며 이동했습니다. 서른번의 걸음 뒤에 내가 탈 차례가 되면 냉큼 수레에 오른 뒤 엎드렸습니다. 거북이 등딱지에 얹힌 토끼가 되어서, 용궁으로 내려간다,라고 나는 생각했습니다.

이대로 실려가면 간을 먹히겠지.

하지만 거북이가 너무 빨라 도저히 뛰어내릴 수 없고나.

억울하고나.

이제 곧 먹히겠지, 간을, 먹히겠지, 하고 생각하자 슬프고 슬퍼서, 눈물이 핑 돈 채로 수레 바닥에 웅크리고 있다가, 순번을 바꾸어서 거북이가 되면 이번엔 간을 내놓아라, 하는 입장이 되어서 씩씩하게 수레를 끌고 가는 것입니다. 토끼야, 토끼야, 간을 내놓아라, 네 간을 먹고 용왕님이 낫는다, 내놓아라 그 간, 간을 내놓아라. 그렇게 살던 집에 당도하고 보니 문이 열려 있었습니다. 가슴까지 올라오는 기묘한 바지를 입고 더러운 모자를 쓴 남자가 그 집에 들어가 있었습니다. 소라는 단박에 긴장한 얼굴이 되었습니다. 입은 조그맣게 다물어졌고 땀이 밴 목은 긴장으로 꼿꼿해졌습니다. 그릇과 도구를 살펴보던 남자는 소라와 나를 보고도 놀라지 않고 느긋하게 우리 집에서 우리 식구들의 밥그릇과 숟가락을 챙기고 있었습니다. 불안해진 나는 가자고 조르며 소라의 팔에 달라붙었지만 소라는 홀린 듯 안으로 들어갔다가 이윽고 창백해진 채로 그 집을 빠져나왔습니다. 그 집을 등지자마자 소라는 빠르게 걷기 시작했습니다. 빨리, 빨리,라고 나를 재촉하며 달리듯 걸었습니다. 나는 좀처럼 그 속도를 따라잡지 못했습니다. 소라의 등에 눈을 고정하고 열심히 다리를 움직이는데도 뒤처집니다. 그렇게 자꾸 나는 뒤처지고 나나는 뒤처지고 나도 나나도 뒤처지기를 반복해서 나나는 외롭습니다. 다리가 몹시 뻣뻣해서 발을 내밀 때마다 바로 다음 순간 넘어질 것 같은데 한번이라도 넘어지면 그 길에 고스란히 남겨질 것 같아 무섭습니다. 언니야,라고 불러도 소라는 돌아보지 않습니다. 큰일이야, 큰일이야,라고 말하는 듯한 조그만 등을 보이며 빠르게 걸어갈 뿐입니다.

언니야.

언니야.

언니야,라고 불러도 돌아봐주지 않는다면 언니는 언니가 아닌 거야,라고 나나는 생각합니다. 소라야,라고 불러줄 테다. 다시는 언니야,라고 불러주지 않을 테다.

애자는 우리가 수레를 돌려주러 나설 때 보았던 것과 다름없는 모습으로 누워 있었습니다. 현관에서 내던지듯 신발을 벗고 애자의 곁으로 돌아간 소라는 애자의 곁에 납죽 앉았습니다. 조금 전까지 엄청난 기색으로 걷느라고 거칠어진 호흡을 감추려는 듯 입을 다물고 어깨로 숨을 쉬면서, 꼭 쥔 주먹을 넓적다리에 올린 채로 애자를 노려보고 있었습니다. 땀으로 젖은 머리카락이 목에 찰싹 들러붙은 모습이었습니다. 소라로부터 풍겨오는 미지근한 소금 냄새를 맡으며 애자를 내려다보고 있는 동안 나는 알게 되었습니다. 그냥 알게 되었습니다. 죽으려고 했구나.

소라와 나나를 내보내고 애자는 죽으려고 했구나.

이미 죽었구나.

수십번 수백번은 죽어버렸구나.

저렇게 누워서, 여러가닥으로 찢어져서.
그런 것을 그냥 알게 된 어린 시절이었던 것입니다.

그런 시절이라도 그 집에서 나기 오라버니를 만났으므로 그 시절에 관한 인상이 모조리 나쁜 것만은 아닙니다.
우리 아버지도 죽었어,라고 나기 오라버니는 말했습니다. 그 이야기를 들은 후로 나는 마음이 편안해져 나기 오라버니를 더는 경계하지 않게 되었습니다. 그런 이야기로 마음의 평안을 얻고 친밀해지는 꼬맹이라니 어머, 지금 생각하고 보면 나는 뭔가 징그럽고도 충실한 꼬맹이였네. 하여간 소라와 나기 오라버니가 석달 간격으로 열두살이 되던 해의 일이라고 기억합니다.
우리 아버지도 죽었어,라고 나기 오라버니는 말했습니다.
겨울에 사과궤짝을 나르다가 쓰러졌대. 시장에서 어른들이 봤는데 그냥 넘어지는 것처럼 쓰러져 죽었대. 넘어질 때 궤짝을 실은 지게 아래 깔려가지고 목이 부러졌을지도 몰라서 어른들이 건드리지도 못했대. 그냥 그렇게 죽었대. 장례식장에 시장 사람들이 많이 왔는데, 죽어서 안됐다고 말하는 사람이 드물었대. 우리 아버지는 시장에서도 유명했대. 평소엔 얌전한데 술을 마시면 사람이 달라져서. 물건을 부수고 사람도 부수려 들어서. 오죽했으면 죽어서 안됐다고 말하는 사람보다도 그 인생 참 안됐다,라고 말하는 사람이 더 많았다고 우리 어머니가 그랬어. 죽어서 다행이래. 그런데 제사 때마다 우냐. 죽어서 다행인데 왜 우냐. 친척들이 모인 조용하고 조촐

한 제사를 끝낸 뒤, 어딘지 시달린 듯한 모습으로 떡이며 전을 가지고 이쪽으로 넘어온 나기 오라버니의 말이었습니다. 먹으라고 가져온 것을 자기가 꾸역꾸역 먹으며 그렇게 말하고 있었습니다.

애자는 금주씨에게 제사상을 차려준 적이 없습니다.

소라와 내가 어린 시절을 보낸 그 희한한 구조의 집에서 살게 된 직후, 소라와 나는 금주씨가 목이 마르면 안되지,라는 의견으로 한동안 머리맡에 물그릇을 마련해두고 잠들었다가 아침에 그릇 속의 물이 줄어든 정도를 재고는 했습니다. 부쩍 줄어든 날은 금주씨가 다녀간 날, 적게 줄어든 날은 금주씨가 별로 목마르지 않은 날. 그 무렵 우리 자매의 소꿉놀이 주제는 금주씨의 제사였습니다.

현고학생부군신위.

금주씨에게 들은 그 말을 깊이 간직하고 있던 나는 이렇게 적는 거야, 하며 습자지에 연필로 현고학생부군신위,라고 몇번이나 적어보인 것입니다. 잘난 척을 했지만 실은 현고학생부근신위,라거나 현고학생부근신이,라고 엉터리로 적어두고 제대로 적었다고 믿었는지도 모르겠습니다. 현고학생부군신위, 부근, 신이, 어느 쪽이든, 한문으로 쓸 줄은 몰랐으므로 한글입니다. 그것만으로도 소라는 감탄해서 가장 단정한 글씨체로 적힌 것을 골라 신중하게 벽에 붙여주었습니다. 소꿉놀이의 시작입니다. 상주는 우리 자매. 나기 오라버니에게는 조문객 노릇을 맡기고 조문을 받는 것으로 제사를 진행합니다. 지방문 아래 촛불을 켜두고 캐러멜이나 빵 조각을 담은 접시를 놓아두고 아이고, 아이고, 곡을 하고 있으면 나기 오라버니가 문지방 근처에 서 있다가 조문을 하러 들어옵니다. 절을 두차례 넙죽 올린 뒤 소라와 나를 향해 얼마나 상심이 크신지,라고 의젓하게 말하는 것이 순서였습니다. 제사의 규모를 키우고 싶을 때는 조문객 노릇을 맡은 사람이 몇번이고 문지방으로 돌아가서 다른 사람인 척 다시 입장했습니다. 때때로 역할을 바꿔서 오라버니가 상주가 되고 소라와 나나가 조문객 노릇을 맡을 때도 있었는데 오라버니와는 비교가 되지 않았습니다. 얼마나 상심이 크신지,라고 가장 의젓하고 자연스럽게 말할 줄 안 사람은 셋 가운데 아무래도 오라버니였던 것입니다.

주고받을 이야기도 더는 없고 아이고, 소리를 내는 것에도 지칠 무렵에는 셋이 나란히 앉아서 초가 타는 것을 지켜보았습니다. 촛불은 초를 녹이며 점차로 가라앉습니다. 한낮에도 햇빛이 별로 들지 않아 서늘하고 어둑어둑한 방은 조그맣고 따뜻한 이 불빛으로 깜빡거리고 있었습니다. 불빛과 함께 세사람을 담은 채로 통째로 세상과 동떨어져 깜빡, 깜빡, 흔들리고 있었습니다.

벽 위에서 길쭉하게 너울거리는 촛불 그림자를 보고 있다가, 애자도 죽으면 이렇게 해줘야지,라고 소라는 말했습니다. 이렇게 제사를 지내주자.

잠자코 고개를 끄덕였으나 지내주지 않을 거야,라고 생각했다는 것은 비밀.

목이 마르다고 아무리 찾아와도, 물 한그릇 내주지 않을 거야,라고

98

생각했다는 것은 비밀, 비밀입니다.

다시는 언니라고 부르지 않을 테다.

그렇게 마음먹은 것도 무색하게 당황하고 두려울 때는 아무래도 언니야,라고 부르게 되는 순간이 있습니다. 언니는 소라야,라고 불러도 별로 불평하지 않습니다. 이따금 왜 그렇게 부르느냐고 불평하는 척을 할 때는 있어도 진심으로 불평하지는 않습니다. 소라야, 하고 부르면 열에 여덟은 돌아봅니다. 그렇게 불러주는 것을 좋아하는 거라고 나나는 믿고 있습니다. 언니,라는 입장보다는 소라, 라는 입장이 편하기 때문이냐,라고 따져보고 싶을 때도 있지만 그렇게 하면 소라가 울 테니까, 울지도 모르니까, 나나는 그런 것을 물을 수 없습니다. 소라는 교활해. 소라는 연약해. 연약하다니, 교활해.

애자는 그날 이후로 그다지 죽으려는 기색은 없습니다.

이미 죽었으므로 더는 죽으려 하지 않고 다만 살아가는 데 필요한 온갖 활동을 시시때때로 정지하며 스스로를 망가뜨리고 소라를 망가뜨리고 나나를 망가뜨리고. 나나는 그런 것을 더는 두고 보고 싶지 않습니다. 그러므로 꿈 같은 데 나타나서 애자를 데려오라고 해봤자 안되는 거야, 할머니.

다짐했으니까.

나나는 그런 것을 더는 두고 보지 않겠다고 생각했으니까.

애자를 요양원으로 보내겠다고 마음먹은 데엔 그런 연유가 있었던 것입니다.

*

계속해보겠습니다.

그처럼 뒤숭숭한 방문을 받고 깬 아침, 모세씨의 부모님을 방문하기로 약속한 날입니다. 모세씨의 부모님을 만나는 것도 모세씨의 집을 방문하는 것도 이번이 처음입니다. 어떤 분들이냐고 묻자 평범한 사람들이라고 모세씨는 대답했습니다. 평범한 사람들, 평범한 집안.

모세씨는 약속한 시간보다 일찍 도착해 아래층에서 기다리고 있습니다. 늦잠을 자고 이제 막 일어난 참이므로 창밖을 확인할 틈은 없었지만 소리로 알 수 있습니다. 엔진을 켜두고 내가 내려오기를 기다리고 있습니다. 우유를 담은 컵을 쥔 채로 창가로 다가가서 내다봅니다. 모세씨의 자동차, 모세씨의 정수리를 확인하기 위해서입니다. 모세씨가 아래층에 있습니다. 핸들 위에 두 팔을 얹고 그 위에 비딱하게 머리를 얹은 채로 위쪽을 올려다보고 있습니다. 눈이 마주쳐도 빨리 내려오라거나 재촉하는 기색도 없이 바라보고 있습니다. 왜 저렇게 보는 걸까, 생각하면서 이쪽에서도 물끄러미 내려다봅니다. 모세씨와는 곧잘 이렇게 됩니다. 바라보면 바라보고 바라보니 바라보고 바라보다 바라보고. 이렇게 언제까지고, 이어지고 되풀이됩니다. 말 한마디 나누지 않고 서로를 노려보듯 바라보는 것입니다.

모세씨를 만나기 전에도 연애는 몇차례 해보았습니다.

실은 만나기 시작할 때에도 이미 만나는 사람이 있었어. 모세씨와는 다르게 몸집이 큰 사람으로 회사 동료였습니다. 늘 풀 죽고 주눅 든 모습을 보이는 다른 동료들과는 달리 매사 뻔뻔하게 긍정적이랄까, 잘 웃고 말을 잘하고 표정도 잘 변하고 사람을 다루는 것이 능숙한 사람이었습니다. 사내 연애는 암묵적으로 금지되어 있으므로 비밀로 하자는 그의 의견을 받아들여 비밀로 여섯달가량을 만났습니다. 그런데 이 사람, 단체로 자리를 이동하거나 회식을 하러 갈 때 다른 동료와 짜고 나를 놀래는 버릇이 있었습니다. 피로한 일과 뒤에 허전해진 채로 동료들 틈에서 터벅터벅 걷고 있을 때, 뒤쪽에서 달려와 내 귀에 와, 소리를 지르고 가버립니다. 왼쪽과 오른쪽, 양쪽 귀 주변의 세계가 일그러진 것은 아닐까 싶을 정도로 충격을 받고 벙벙하게 굳어 선 나를 내버려두고 동료와 함께 즐거운 듯한 뒷모습을 보이며 앞서갑니다. 이런 일이 몇차례고 이어져 와, 하고 와, 하고 와, 하고.

와.

마지막으로 와, 하고 당했을 때 나는 뒤돌아 반대편으로 걷기 시작했습니다. 더는 안되겠다,라는 생각으로 눈물이 핑 돌아 눈 속과 코가 매웠습니다. 나나씨, 어디 가, 하며 뒤늦게 따라와서 팔을 붙드는 그의 손을 매몰차게 뿌리치고 걸어갔습니다. 장난을 가지고 뭘 그래, 누가 들을까 속삭이는 얼굴을 한번 바라본 뒤 그대로 남겨두고 집으로 가는 방향으로 걸었습니다. 또각또각 또각또각 걸으며 분하다고 생각했습니다. 비밀로 하자고 했으면서, 이렇게 하다니 분하다, 분하다고 생각하며 걸었는데 그 뒤를 따라온 회사 동료가 있었습니다. 그것이 모세씨.

슬슬 준비하지 않으면 정말 늦어버릴 시간입니다. 우유를 한컵 더 마실까 말까 고민하고 있는데 소라가 방문을 열고 나왔습니다. 최근의 패턴대로 나나를 발견하자마자 도로 문을 닫고 들어갈 거라고 생각했는데 웬일인지 잠이 덜 깬 척 부엌까지 들어옵니다. 자는 동안 땀을 흘렸는지 맨발이 바닥에 닿았다가 떨어질 때마다 끈적끈적한 소리를 내고 있습니다. 물을 한컵 가지고 창가로 가서 부스스한 모습으로 창밖을 내다봅니다. 그 자리에서라면 아래쪽에서 기다리고 있는 모세씨의 자동차와 모세씨가 보일 것입니다. 모세씨는 여태도 이쪽을 올려다보고 있을지도 모르겠습니다. 내 방으로 돌아가서 달칵, 하고 문을 닫기 직전, 저 사람이 아기 아빠야,라고 말할까 생각도 해보았지만 지금은 냉전 중이고 모세씨가 너무 오래 기다렸으므로, 나중에.

모세씨는 딸기를 먹지 않습니다.
과일에서 가장 더러운 부분이 껍질이다,라고 배웠다고 합니다. 어릴 때부터 그런 것을 가르쳐준 사람은 모세씨의 아버지로 사과든 복숭아든 과일은 반드시 껍질을 벗긴 것만 먹는다고 합니다. 사과든 복숭아든 뭐든 모세씨의 어머니가 과도로 껍질을 벗겨줄 때까지 기다렸다가 받아먹는다고 합니다. 농약이 과육 깊숙이 스몄을 수도 있고 수확하는 과정에서 어떤 오물이 들러붙었을지 누가 알겠냐,라면서 껍질을 빨아서 알맹이를 먹어야 하는 포도와, 딱히 벗길 껍질조차 없는 딸기를 혐오한다는 것입니다. 그런 가풍에서 자라고 보니 더럽다고 혐오하는 정도까지는 아니더라도 하여간 딸기는 별로,라는 것이 딸기 편식에 관한 모세씨의 결론입니다. 단순하게 딸기를 먹지 않는다는 점을 비롯해 몇가지가 희한하게 나기 오라버니와 겹칩니다.

하지만 아주 다른 것도 있지. 이를테면 모세씨는 소리를 거의 내지 않고 걷습니다. 보고 있으면 아주 희한합니다. 데이트를 마치고 헤어진 뒤로 이십분이나 뒤를 따라온 것을 눈치채지 못한 적도 있습니다. 특별한 가죽이나 특별한 고무로 밑창을 댄 구두일까 싶어서 언젠가 모세씨가 잠든 틈을 타 구두를 뒤집어보았지만 평범했습니다. 평범한 바닥이었고 신발이었습니다. 발이 들어가는 부분이 마찰 덕분에 약간 늘어난 채로 짙은 빛깔을 띠고 있습니다. 평범했던 것입니다. 평범한 것이란, 하고 생각하기 시작하면 끝없이 파고들어가는 달팽이집처럼 뱅글뱅글 생각하게 됩니다. 모르지, 평범하므로 그렇게 걸을 수 있는 것인지도 몰라,라고 생각할 때도 있습니다. 여하간 모세씨는 그토록 평범한 것을 신고도 전혀 발소리를 내지 않고 걸을 수 있는 사람이고 그 점은 조금 무섭다, 말로 설명하기는 어렵지만 왠지 약간은 무섭다고 생각하고 있습니다.

왁, 하는 소리로 나나를 놀래곤 하던 사람은 한동안 괴로워하는 듯한 모습을 보이다가 이윽고 괴로워하는 기색도 사라지고 예전과 다름없는 모습으로 돌아와서 다른 여자를 만나고 있습니다. 비밀로 하자,라는 합의 따위는 하지 않은 듯 친밀한 태도를 숨기지 않고 공공연한 연인으로 지내고 있습니다. 여전히 잘 웃고 잘 말하고 요모조모 능숙한 모습으로 생활합니다. 나나를 대할 때 괴로워한다기보다는 괘씸하게 여기는 듯하던 태도도 지금은 사라져서 무심한 회사 동료로 지내고 있습니다.

그 정도였던 것입니다.

사랑에 관해서라면 그 정도의 감정이 적당하다고 나는 생각하고 있습니다. 어떤 일이 있더라도 이윽고 괜찮아지는 정도. 헤어지더라도 배신을 당하더라도 어느 한쪽이 불시에 사라지더라도 이윽고 괜찮아,라고 할 수 있는 정도. 그 정도가 좋습니다. 아기가 생기더라도 아기에게든 모세씨에게든 사랑의 정도는 그 정도,라고 결심해두었습니다.

애자와 같은 형태의 전심전력, 그것을 나나는 경계하고 있습니다.

모세씨가 타고 다니는 자동차의 룸미러엔 드림캐처라는 것이 걸려 있습니다. 동그란 거미줄 같은 것입니다. 짐승의 뼈를 구부려 만든 동그란 테 속에 은색 실이 섬세한 그물 무늬로 얽혀 있고 그물 중간쯤에 팥알보다 작은 크기의 구슬이 맺혀 있습니다. 언젠가, 거미줄에 걸린 먹이 같아요,라고 말하자 모세씨는 이슬이라고 했습니다. 드림캐처란 나쁜 꿈은 거르고 좋은 꿈을 통과시키는데 걸러진 나쁜 꿈은 밤새 그물에 사로잡혀 있다가 아침 햇살을 받고 이렇게 이슬이 되어 증발해요,라고 말입니다. 모세씨의 자동차가 정차와 완만한 회전을 반복하며 전진하는 동안 둥근 그물 아래쪽으로 길게 늘어진 깃털이 하늘거립니다. 그물에 사로잡힌 구슬을 바라보는 틈에 아파트 단지로 진입합니다. 아파트와 아파트와 아파트 사이의 도로를 한방향으로 달리게 되어 있어 차를 탄 채로 길을 잘못 들어섰다가는 좀처럼 빠져나가지 못하고 그 길을 따라 헤매게 되는 곳입니다. 모세씨는 이런 곳에 사는구나, 하고 생각합니다. 엘리베이터를 기다렸다가 텅텅 발소리를 내며 탑승하고 상승합니다.

어서 와요.

모세씨의 어머니가 문을 열어주며 말합니다. 단발에 여기저기 컬을 넣어 머리를 부풀린 모습이고 깜짝 놀랄 만큼 이목구비가 또렷한 인상입니다. 오랜 세월 동안 손에 힘을 주어 눈 화장을 한 흔적으로 유난하게 주름이 많은 눈가엔 거무스름한 빛깔의 아이섀도우를 발라놓았고 분홍색 루주를 바른 입술은 매끈매끈, 반짝이고 있습니다. 어서 와요,라고 말할 때 그녀의 검은 눈이 한순간 배 쪽을 흘겨보듯 내려다보는 것을 나나는 눈치챕니다. 어딘지 모르게 퇴역한 군 장성 같은 모습으로 이 더운 여름에 조끼까지 입고 있는 사람이 모세씨의 아버지입니다. 신발을 벗고 거실로 올라서자마자 반갑네, 고맙네,라고 말하며 악수를 청합니다. 그대로 손을 잡힌 채로 거실로 안내되어 바닥에 앉았다가 그렇게 바닥에 임산부를 앉혀서는 안된다는 어머니의 지적에 서둘러 소파로 안내됩니다. 모세씨와 나를 나란히 앉혀두고 모세씨의 부모님은 양쪽 끄트머리에 자리를 잡습니다. 소파는 공들여 무두질된 고급 가죽으로 엉덩이를 대고 앉자 피부 바깥의 피부처럼 부드럽게 가라앉습니다. 이렇게 앉아서 잠시 침묵입니다.

과일 먹을래요?

과일을 내오겠다는 모세씨의 어머니를 도우려고 소파에서 일어났다가 아니, 아니,라고 몇번이고 잘라내듯 말리는 소리에 약간은 기가 죽어 도로 앉습니다.

넓은 거실엔 이런저런 물건이 두서없이 놓여 빈 공간이 별로 없습니다. 큼직한 조개껍데기 모양의 수반, 공기청정기, 안마의자, 옷가지를 걸쳐둔 러닝머신 말고도 그릇과 사기인형을 진열해둔 진열장이 두개 있고 거실 테이블 아래엔 여러번 뒤적여 부푼 통신판매 카탈로그들이 더미로 쌓여 있습니다. 그런 것들을 나나는 눈여겨봅니다. 남의 집 냄새,라고 말할 수밖에 없는 독특한 냄새를 들이마십니다.

모세씨는 이 집에서 부모님과 이십오년을 살았다고 합니다. 어린 시절의 모세씨가 드나들던 집, 하고 생각하며 천장과 벽과 출입문을 바라봅니다. 사춘기 시절의 모세씨는 어땠을까. 뭔가 못마땅한 표정을 하고 못마땅한 기색으로 못마땅하다는 듯 에너지를 발산하며 거실을 가로질렀을까. 조금 더 자란 모세씨는 어땠을까.

어떤 표정으로 저 벽 앞을 오가고 어떤 것을 고민하며 저 문을 드나들었을까.

모세씨의 어머니가 껍질을 벗겨 내온 사과와 배는 껍질과 더불어 과육도 상당히 깎여 조그만 조각이 되어 있습니다. 보고 있자니 속상할 정도로 조그맣습니다. 하나하나, 손잡이 부분에 빨간 셀로판지를 감은 이쑤시개가 꽂혀 있습니다. 모세씨의 아버지가 정확하게 손잡이 부분을 집어 과일을 먹기 시작합니다. 입을 다물고 턱을 정확하게 움직여 꼭꼭 씹습니다. 모세씨의 어머니도, 잘 보니 모세씨도, 그렇게 씹고 있습니다. 나도 그들처럼 고집스럽게 씹어봅니다. 아삭아삭, 묵묵하게 과일을 먹습니다. 사과를 담은 접시가 비자 모세씨의 아버지가 빈 접시를 모세씨의 어머니 쪽으로 밀어내며 어이, 하고 말합니다. 모세씨의 어머니가 빈 접시를 가지고 부엌으로 돌아갔다가 사과를 가지고 돌아옵니다. 배를 담은 접시가 비었을 때에도 모세씨의 아버지는 빈 접시를 모세씨의 어머니 쪽으로 밀며 어이, 하고 말합니다. 모세씨의 어머니가 빈 접시를 쥐고 부엌으로 갔다가 조그맣게 깎고 자른 배를 내옵니다.

침묵.

침묵 뒤에 드문드문 질문이 이어집니다. 모세씨의 어머니가 나나에게 사는 곳을 묻고 나이를 묻고 출산 예정일을 묻습니다. 나나는 그런 질문에 단답으로 대답합니다. 양친은 건강하시냐는 질문에 아버지는 돌아가셨고 애자가 있다고 대답합니다. 습관대로 애자가 있다,라고 말하려다가 어머니가 생존해 계시다,라고 말합니다. 하고 보니 어머니가 생존해 계신다는 말은 애자가 있다는 말보다 훨씬 생소하고 이상하게 들립니다. 애자는 애자라고 불러야 애자답고 지금은 아무래도 생존보다는 있다,에 가까운 상태인지도 모르니까. 다만 있다,의 상태.

모세씨는 본래도 말이 별로 없지만 이렇게 집에 있으니 더욱 말이 없습니다. 생기가 사라져서 인형 같은 모습입니다. 간간이 이어지던 대화가 끊기고 모세씨의 아버지도 모세씨의 어머니도 나도 말이 없습니다. 이따금 과일을 집어 먹으며 잠자코 있습니다. 모세씨의 어머니가 리모컨을 집어 텔레비전을 켭니다. 웃음소리가 요란합니다. 주말 저녁의 버라이어티쇼입니다. 넷이서 소파에 푹 파묻히듯 앉아 텔레비전을 바라봅니다. 문득 깨닫습니다. 이 고급 소파는 명백하게 텔레비전을 향해 놓여 있구나. 세사람에겐 이 각도와 이 순서와 이 전개가 익숙하구나.

일은 잘되니?

모세씨의 어머니가 텔레비전을 바라보며 문득 묻자 모세씨가 텔레비전을 향해 응, 하고 대답합니다. 사무실은 안 덥니?라고 그녀가 텔레비전을 향해 묻자 모세씨도 텔레비전을 향해서 상관없어,라고 묘한 내용으로 대답합니다. 내일도 출근하니?라고 묻는 말엔 월요일이니까,라고 대답합니다. 결혼식은 언제 할 거니?라고 텔레비전을 향해 묻는 말에 모세씨는 조만간,이라고 텔레비전을 향해 대답합니다. 결혼식까지는 아직 생각하고 있지 않은데요,라는 대답을 준비하고 있던 나는 어라, 하며 깜짝 놀랍니다. 놀라서 모세씨를 바라보니 모세씨는 속을 짐작할 수 없는 모습으로 텔레비전을 바라보고 있습니다. 조금 뒤엔 담배를 피우고 오겠다며 소파에서 일어섭니다.

네사람이 앉은 부드러운 소파에서 모세씨가 일어서자 쿠션이 미묘하게 한쪽 방향으로 기울어집니다. 모세씨의 아버지가 그 균형을 회복하려는 듯 이쪽으로 성큼 앉았다가 너무 다가앉았다 싶었는지 다시 성큼 제자리로 옮겨갑니다. 텔레비전에서 한바탕 웃음이 터집니다. 새삼 어색하고 긴장되고 한편으로는 지루해서 나나의 내면은 안절부절못했지만 조금만 움직여도 반응할 것 같은 옆사람의 기척에 꼼짝도 못하고 앉아 있습니다.

바라보고 있습니다. 모세씨의 아버지도 모세씨의 어머니도 텔레비전을 보고 있으나 텔레비전을 보고 있지 않습니다. 눈에 보이는 한 쌍의 눈 외에도 열개 정도의 눈이 더 있는 듯하고 그 눈을 모두 동원해 바라보고 있는 곳은 열에 아홉은 이쪽입니다. 텔레비전을 보고 있지 않은 열개의 눈이 나의 손목을 나의 목을 나의 발을 나나의 발목을 나나의 발가락을 종아리를 나나의 배를 가슴을 귀를 손등을, 차례대로 훑어보고 뚫어지게 보고 있습니다.

너희는 주로 어떤 체위로 하니?

하다못해 그런 질문이라도 받는 쪽이 훨씬 덜 불편하겠다 싶을 무렵에 무슨 일을 하나요,라고 묻는 말을 듣습니다. 모세씨의 어머니가 텔레비전을 바라보고 있습니다.

모세씨와 같은 사무실에서 같은 일을 한다고 말하자 텔레비전을 향해 고개를 끄덕이지만 아무래도 몰랐던 기색입니다. 얼마나 만났나요,라고 묻는 말에 일년쯤 되었다고 말하자 더욱 몰랐던 기색으로 고개를 끄덕입니다. 조금 뒤에 모세씨의 어머니는 작게 한숨을 쉽니다. 저 아인 집에 들어와서는 아무 말도 하지 않아. 뭘 물어도 제대로 알려주지 않아. 혼잣말처럼 말한 뒤 카탈로그 더미에 얹힌 볼펜을 집어 메모지 한장과 내어주며 전화번호를 적으라고 말합니다. 적어서 돌려주자 꼼꼼히 살피듯 메모를 들여다본 뒤 두번 접어 정사각형이 된 메모지를 맨 위에 놓인 카탈로그 책장 사이에 끼웁니다. 모세씨의 아버지가 소파를 누르며 자세를 고쳐 앉습니다. 나나는 비딱한 방향으로 자세를 고쳐 앉습니다. 주말 저녁의 버라이어티쇼는 끝나고 광고가 이어집니다.

광고와 더불어 침묵이 이어집니다.

화장실이 어디냐고 묻자 저쪽에도 있고 이쪽에도 있다며 어느 쪽이든 좋은 쪽을 쓰라는 안내를 받습니다. 거실에 딸린 화장실을 선택합니다. 스위치를 올리자 거울 위쪽에 달린 형광등이 펑, 펑, 소리를 내며 깜빡이다가 침침하게 켜집니다. 슬리퍼를 신고 들어서서 문을 닫습니다. 치약과 비누 거품이 튄 자국으로 얼룩진 거울 앞에 잠시 서 있다가 양변기에 앉습니다. 변기 부근의 바닥을 내려다보며 오줌을 누고 오줌을 다 누고도 다 눴다는 느낌이 들지 않아 한동안 더 앉아 있다가 일어섭니다. 물을 내리고 손을 닦으려고 세면대로 바짝 다가서다가 세면대 아래 놓여 있던 둥근 놋그릇을 발로 차고 맙니다. 놋그릇이 타일 바닥을 묵직하게 긁으며 밀려갑니다. 이것은, 하고 그것을 내려다봅니다.

요강입니다. 이따금 텔레비전에서나 볼 기회가 있었을 뿐 실제로
본 것은 이번이 처음입니다. 처음인데도 보자마자 단번에 요강, 하
고 알아채다니 신기하다고 생각하며 요강을 바라봅니다. 애교가
느껴질 정도로 둥그스름한 몸체는 쇠솔로 박박 문질러 닦은 자국
으로 얽혔고 감꼭지 모양의 손잡이가 달린 뚜껑으로 덮여 있습니
다. 낡았으나 잘 닦인 요강입니다.

목욕을 하고 싶다.
그렇게 생각합니다.
골목 입구에서 모세씨와 헤어져 집으로 걸어가는 길에 갑작스럽게
흘러내리는 땀을 느낍니다. 겨드랑이에도 등에도 목에도 미지근
한 땀이 흐르고 있습니다. 온종일 땀을 흘리고 있었다는 것을 깨닫
습니다. 땀이 마른 곳에 다시 땀이 흘러 간질간질, 따끔따끔합니다.
계단을 오르는 동안 땀은 더 흘러 물을 한바가지 뒤집어쓴 것처럼
머리카락도 얼굴도 흠뻑 젖고 말았습니다. 현관에서 숨을 몰아쉬
며 로퍼를 벗습니다. 평소보다 몇배는 몸이 끈적끈적하게 여겨져
참을 수가 없습니다.
목욕탕에 가자.
라고 말하자 소라가 고개를 들고 나나를 바라봅니다.
말 한마디 나누지 않고 며칠을 보낸 끝입니다. 어쩌다보니 화를 내
는 것 같은 말투가 되어버렸지만 눈썹에서까지 땀을 뚝뚝 흘리며
대답을 기다리고 있는 형편이고 보니 아주 약한 존재가 되어 소라

의 처분만 기다리는 것같이 되어버렸습니다. 그렇다고 해도 어쩔 수 없습니다. 나나는 혼자서는 등을 밀 수 없습니다. 그 때문에 언제나 나나의 등을 밀어온 것은 소라, 소라였고 소라의 등을 밀어온 것은 나나, 우리 둘은 서로의 등을 밀며 지내왔으니까, 단둘이니까, 어쩔 수가 없는 것입니다. 피차간에 언제까지고 토라져 있을 수는 없는 것입니다.

괜찮을까, 하고 소라가 묻습니다.

목욕탕 같은 데 가고 그래도 되나.

탕에 안 들어가면 되지.

그래도.

얼른 밀고 나오면 되지.

간이로, 하면 되지,라고 설득해 목욕탕행을 결정합니다. 비누와 샴푸와 칫솔 등 젖은 것을 챙기는 것은 소라, 갈아입을 옷과 속옷 등 마른 것을 챙기는 것은 나나, 항상 하던 것처럼 필요한 것만 탁탁 챙겨 집을 나섭니다. 욕탕이 세개 있는 보석사우나와 욕탕이 두개 있는 한도사우나 사이에서 갈등하다가 어차피 탕에 들어가지 않을 것이므로 한도사우나로 결정합니다. 사우나? 목욕만? 하고 묻는 아주머니에게 목욕만,이라고 답한 뒤 각자의 지갑을 열어 목욕비를 내고 수건과 열쇠를 받아 탈의실로 들어갑니다. 탈의실에도 탕에도 사람이 없어 여유롭게 목욕탕을 둘러봅니다. 사람이 없는 탓인지 의외로 건조하고 별로 뜨겁지 않습니다. 이 정도가 딱 좋습니다. 바닥도 마른 곳이 많아 전혀 발이 젖지 않은 채로 수도꼭지 앞에 자리를 잡습니다. 탕에 들어가고 싶지만 간신히 그것은 삼가고, 샤워를 한 뒤 때를 밀어내는 목욕을 준비합니다. 요즘은 때비누라는 신통한 물건이 있어 탕에 들어가지 않고도 때를 불릴 수 있는데 그게 참 좋습니다. 어릴 때부터 스스로 고되게 때를 밀어왔기 때문에 이렇게 편리한 비누가 생겨 얼마나 신기하고 좋은지 모르겠습니다. 비누를 온몸에 바르고 수건을 깐 목욕의자에 앉아 잠시 기다리는데 이 과정부터 즐겁습니다. 붉게 달아오른 발가락들을 내려다보며 호, 하, 호, 숨 쉬고 있다가 적당한 때 비눗기를 씻어낸 뒤 쓱싹, 쓱싹, 때를 밀기 시작합니다. 소라는 귀부터 시작하는데 나나의 경우는 손목부터입니다. 손목부터 시작해 팔꿈치에 이를 때쯤이면 본격적으로 밀기에 적당할 정도로 때가 불고 팔에도 요령이 붙습니다. 쓱, 싹, 쓱, 싹, 소리를 듣고 있으면 집중하게 됩니다. 입을 다물고 때를 밀고 있는 부위에 집중해 정성껏 밀어냅니다. 그건 소라도 마찬가지, 말 한마디 나누지 않고 나란히 앉아서 쓱싹, 쓱싹, 쓱싹, 하다가, 때수건을 넘기고 방향을 바꿔 앉으면 소라가 등을 밀어줍니다. 웅크리고 앉아 쓱싹, 쓱싹, 등을 내놓고 있다가, 이번엔 나나가 소라 쪽으로 돌아앉아 소라의 등을 밀어줄 차례입니다. 쓱싹, 쓱싹, 아프다 아파, 그만해, 대충 해, 하는 잔소리를 무시하고 소라의 등을 쓱싹, 쓱싹, 소라의 등은 왼쪽이 오른쪽보다 약간 솟아 있는데 아마도 등뼈가 구부러진 탓이겠습니다. 벌거벗은 등이 때수건에 쓸려 붉은색이 되었습니다. 무방비하게 내밀고 있는 맨등을 보고 있자니 여러모로 심경이 복잡해져 입을 더욱 꼭 다물고 밀어냅니다.

쏙싹, 쏙싹.

쏙싹, 쏙싹.

아무튼 이 넓은 목욕탕이 그 소리만으로 가득이고 그게 좋습니다.

나나는 오늘 이 소리를 들으려고 목욕탕에 오자고 조른 것인지도

모르겠다고, 생각합니다.

모세씨네 집엔 요강이 있어.

소라의 등을 밀어내며 말합니다.

모세씨네 요강이.

누구?

모세씨, 아기 아빠.

아빠?

아빠야.

이름이 모세야?

모세, 모세씨.

모세씨네 요강이 있어, 하고 나나는 계속합니다.

요강을 사용할 정도의 환자도 없고 변기도 멀쩡한데 요강이 있어.

왜?

돌아오는 길에 모세씨에게 물어봤거든. 그랬더니 아버지가 쓰는

것이래.

아프신가. 요강을 써야 하는 병이라도 있는 거 아닌가.

나도 그렇게 물었어.

뭐래?

그냥 쓰는 거래. 옛날부터 그냥 그것을 그렇게 쓰신대. 그것을 본인이 비우느냐고 물으니까 아니래. 아버지가 요강을 사용하고 어머니가 요강을 비운대. 아무렇지도 않게. 아무렇지도 않은 일이라고 여기니까 아무렇지도 않게 대답했겠지? 그러면서 이상하냐고 묻는 거야, 요강이 이상한 물건이냐고. 요강은 이상한 물건이 아니지. 요강이란 어느 집에도 있을 수 있는 물건이라고 나나는 생각해. 나나가 이상하게 생각하는 것은, 말하자면 포인트는, 아버지가 요강을 사용한 뒤 손수 비우지 않고 남의 손을 사용해서 비운다는 거였어. 몇걸음만 걸으면 멀쩡한 화장실이 두개나 있는 집인데 놋그릇에 똥이나 오줌을 눈 다음에 남에게 그 그릇을 치우라고 넘긴다는 건 이상하지 않아?

·········

그런데 모세씨는 그 점을 생각해본 적이 별로 없는 것 같았어. 요강을 채우는 사람과 요강을 비우는 사람이 따로 있는데 모세씨는 그것을 이상하다고 생각하지 않아. 생각할수록 나나는 그게 더 이상한 거야. 실은 그게 가장 이상하고 궁금해. 모세씨는 왜 그럴까. 모세씨의 아버지는 왜 그렇게 할까. 모세씨의 어머니는 왜 그걸 치울까. 세사람 사이엔 도대체 어떤 흐름이 있는 걸까. 그것은 뭐라고 할 수 있을까. 집으로 돌아오는 동안에도 내내 생각했는데 아무래도 잘 모르겠어. 어떻게 생각해?

모르겠네.

그래.

그 점이 핵심인지도 모르지.

그 점?

잘 모르겠다는 점, 하고 소라가 말합니다.

아무리 생각하고 들여다보아도 모르겠다, 싶은 것은 애초에 생기기를, 모르게 되어 있도록 생겼는지도 몰라. 불가사의한 구멍 같은 것. 미스터리 홀. 그게 그 집안의 경우엔 요강인 거지. 요강에 관해서는 아마 본인들도 모르겠다고 생각할지도 몰라. 모르겠다는 생각조차 하지 않을지도 모르지만 하여간 핵심은 도저히 모르겠다는 거잖아. 그건 그냥 그 집만의 미스터리 홀. 그런 것이 그 집 욕실 바닥에 놓여 있는 거 아닐까.

미스터리 홀, 하고 듣고 미스터리 홀, 하고 곱씹어보다가 울컥해 뒤로 물러나 앉습니다. 바로 이것인지도 모르겠다고 생각합니다. 소라가 모르게 된 이유, 소라가 보지 못하는 이유, 소라의 메커니즘. 젖은 머리카락이 달라붙은 맨등을 쏘아봅니다. 이 순간, 작고 좁고 축축하고 연약해 몹시 밉살스럽게 보이는 등을 향해 그게 뭐야,라고 말하는데 나도 모르게 목소리가 떨리고 맙니다.

그게 뭔데, 그게 무슨 소리야.

어?

도저히 모르겠다고 생각하니까 그런 게 그 자리에 있는 거잖아. 아무도 제대로 생각해주지 않으니까, 그런 게 거기 있는 거고, 여전히 그렇게 하고 있는 거잖아. 그게 뭔지는 몰라도 그게 뭔지, 제대로 생각해야지, 제대로.

제대로?

제대로.

그럼 너도 제대로 생각해.

무엇을?

왜 낳으려는 거야, 하고 묻는 말에 빨갛게 달아오른 어깨를 바라봅니다. 소라가 뒤를 돌아봅니다. 분해서 울고 싶은 것은 이쪽인데 어째선지 울상을 하고, 다시 묻습니다.

왜 낳겠다고 결심한 거야.

안되겠다.

하고 생각합니다. 더 이야기하면 울지도 모르고 나나가 울기 시작하면 소라가 운다. 소라가 울면 나나가 울고 나나가 울어서 소라가 울고 소라가 울어서 나나가 우니까 소라가 운다. 이것은 그냥 아는 것. 한번 작동하면 내내 돌아가는 톱니바퀴의 메커니즘처럼 멈추지 않을 거다. 나나도 이것을 알고 소라도 이것을 알지. 그 때문에 나나는 우는 법이 없고 소라도 우는 법이 없지. 좀처럼 없지. 울어버리다니, 그것은 제일로 당치 않은 일인 것입니다.

더는 말하지 않고 각자의 자리에서 목욕을 마무리합니다. 다시 토라져 먼저 나가버릴지도 모르겠다고 생각했는데, 어지럽게 흩어진 목욕용품들을 챙기는 동안 소라는 잠자코 기다려줍니다. 두사람

몫의 목욕의자와 대야는 소라가 이미 비누로 닦아 제자리에 가져
다 두었습니다.

여름 달 아래를 걸어 집으로 돌아갑니다.

오늘 하루만 두번째 귀가이고 이미 자정입니다. 노곤하지만 쉽게
잠들 수 있을 것 같지 않습니다. 소라에게 서운하지만 먼저 가버리
지 않아서, 고맙다고 여기는 마음도 있습니다. 간단하지 않네 사람
의 마음은, 하고 생각하며 소라의 곁에서 잠자코 걸어갑니다.

목욕용품 중에서 젖은 것을 베란다에 펼쳐두고 부엌으로 들어갑
니다.

탁자에 소라의 앨범이 펼쳐져 있고 종이로 만든 조그만 꽃송이가
열개도 넘게 흩어져 있습니다. 잎이나 꽃자루도 없이 오로지 꽃송
이뿐, 패랭이나 코스모스처럼 보입니다. 애자가 만들었다고 소라
가 말합니다. 보고 왔느냐고 묻자 그렇다,라는 의미로 고개를 끄덕
입니다. 때수건으로 닦아 반들반들해진 뺨을 하고 있습니다. 요즘
엔 종이로 꽃을 만든대. 이런 것을 잔뜩 만들고 있어. 그렇게 말하
며 밀어주는 패랭이꽃을 받아 탁자 위에서 이리저리 돌려봅니다.
뭔가 만든다니 좋네. 애자가 뭔가를 만들고 있다니 그건 좋네. 모
처럼 불어온 바람에 창가에 걸린 풍령이 흔들립니다. 소라가 달아
두었는지 풍령의 추에도 애자의 꽃이 한송이 달렸습니다. 저렇게
달아두면 꽃의 무게로 덜 흔들리게 되는데,라고 생각하며 바라봅
니다.

잠이 오지 않는다는 이유로 텔레비전을 틀어두고 거실에서 버티다

가 그대로 잠자리를 펼칩니다. 불을 끄고 눕자 활짝 열어둔 창으로 달이 보입니다. 조그맣지만 밝은 달이 왼쪽 창에서 오른쪽 창으로 이동하는 것을 내내 바라봅니다.

모세씨는 어떤 사람이야?

그런 질문을 받고 어떤 사람인가, 하고 잠시 생각합니다.

……말이 별로 없는 사람.

집에 한번 데려와,라는 말에 나나는 흔들립니다.

집에 데리고 올 수 있나, 그것을 스스로에게 묻습니다. 이 집으로 모세씨를 데리고 오다니. 나나는 그렇게까지 모세씨를 좋아하나, 하고 생각해봅니다.

좋아해.

좋아합니다. 금주씨를 향한 애자의 전심전력의 사랑, 정도의 사랑 은 아니더라도 나름의 밀도와 정도로는 모세씨를 좋아합니다. 말 도 없고 애교도 없고 요령도 없는 사람이지만 보고 있으면 사랑스 럽습니다. 하지만 모세씨를 사랑스럽다고 생각하는 것과 모세씨 를 이 집으로 불러들이는 것은 별개,라고 단호하게 생각하는 마음 이 있습니다. 집으로 모세씨를 불러들여 소라에게 소개한다는 것 은 나나의 세계에서 가장 연한 부분을 모세씨와 만나게 한다는 의 미입니다. 나기 오라버니만이 접근하고 접촉할 수 있던 그 세계를, 금주씨의 죽음과 이미 상당히 죽어버린 애자와 뒤틀림이 담긴 세 계를 열어 보인다는 의미입니다. 나나의 내면에서 그 부분은 잠잠 한 듯 보여도 끊임없이 떨고 진동하는 곳. 가장 민감한 비늘이 돋은 곳. 무엇보다도 나나는 소라를 애자를 나나 본인을, 실제라기보다는 나나 내면의 그들을 모세씨에게 열어 보이고 싶은 마음이 있기는 한 건지 좀처럼 확신할 수 없습니다. 언제까지나 이대로,라고 생각하는 마음과 부숴버리자, 그만 깨버리자고 생각하는 마음과 그밖의 마음이 뒤섞여 최근에 나나의 내면은 꽤 시끄럽습니다.

나나 자니?

어둠속에서 소라가 묻습니다.

달은 오른쪽으로 오른쪽으로 내내 이동해서, 더는 보이지 않는 곳으로 넘어가버렸습니다.

그래도 달빛은 여전합니다. 천장에도 벽에도 소라의 얼굴에도 그림자가 질 정도로 밝은 달빛입니다.

대답하겠습니다.

왜 낳겠다고 결심을 했냐면, 꿈을 꿨으니까.

꿈?

꿈을 자꾸.

어떤 꿈을?

이런 꿈을.

슈퍼마켓에 갔는데 판매대 가득 고추가 있었습니다. 새파랗고 싱싱한 것으로 잔뜩. 다른 날은 조개였습니다. 커다란 대야를 들여다보고 있었는데 그 속에 눈이 시원해질 정도로 맑은 물이 가득 들어서, 아 맑다 아 맑다, 하며 보고 있는데 커다랗고 깨끗한 조개가 그 물속에 잠겨 있었습니다. 다른 한번은 뭔가를 손에 쥐고 있어서 손을 펴보니 반지였습니다. 은색 반지였는데 가만히 보고 있었더니 꽃이 피었습니다. 작지만 빨간 꽃이 퐁, 하고. 다른 한번은 복숭아를 주머니에 넣고 있었지. 아무리 넣어도 주머니가 다 차지 않아서, 어떻게 된 거야, 하고 생각하며 주머니를 들여다보았더니 주머니는 이미 불룩하고, 큼직한 백도가 하나 들어 있었던 것입니다. 또 다른 날은 사슴이었습니다. 들판에 사슴이 잔뜩 있었습니다. 탐스러운 밤색 사슴들이 풀을 먹고 있었는데 그중에 한마리가 머리를 들고 나나를 빤히 바라보았습니다. 정수리에 무척 희고 큰 뿔이 돋은 사슴이 이쪽으로 걸어와 고개를 내밀었습니다. 뿔이 가슴에 닿았습니다. 푸욱, 하고 찔리고 말았습니다. 찔리고 말았는데도 찔렸네, 하고 생각하며 태연하게 사슴의 목을 내려다보고 있었습니다. 어느날은 곡옥처럼 생긴 것을 만지고 있었는데 나나는 그게 비녀라고 생각했습니다. 따뜻했습니다. 비녀가 따뜻하네, 하고 생각했습니다. 따뜻하고 말랑해서, 이런 것으로 머리가 고정될까 걱정하면서, 꿈을 꾸는 내내 만지고 있었습니다. 이런 태몽을 꿨던 것입니다. 이런저런 태몽을 잔뜩, 그리고, 그리고 소라도 꿨잖아.

단풍 꿈을.
하고 말하자 그랬지, 하고 소라가 대답합니다.

꿨지…… 단풍 꿈을.

노래도 들었어. 둥근 천장 아래 서서 누가 부르는 노래를 한참 듣는 꿈.

그런 것도 태몽인가?

그런 느낌이었어.

그런 느낌?

태몽이다, 하는 느낌.

………

………

나나야.

………

무섭지 않아? 하고 소라가 묻습니다. 아이를 낳고 부모로서 영향을 주고 그 아이가 뭔가로 자라가는 것을 남은 평생 지켜봐야 한다는 거…… 계속 걱정해야 하는 뭔가를 만들어버린다는 거…… 무섭지 않아? 하고 말입니다. 나나는 무섭지. 아직은 실감이고 뭐고 부족하지만, 무서워, 어떻게 될지 모르니까. 그렇지만 모르니까 무섭다고 느끼는지도 몰라. 그렇게 생각하기로 했어. 무섭더라도 감당하겠다고 마음먹었어. 각오하고 있어. 각오가 필요할 정도,라고 생각하면 조금 비장해지지만 그래도 각오하고 있어. 실은 얼마큼 각오하고 있는지를 따져보면 도대체 뭘 각오해야 하는지조차 알지 못하는 상태라서 자신감 같은 것과 더불어 호흡마저 희박해지는 느낌이지만 어쨌든 각오하고 있어 그래도 나름, 하고 말하고 싶은 것을 한마디도 하지 못합니다. 소라는 잠들었는지 생각에 잠겼는지 더는 말이 없습니다. 천장을 바라보며 가만히 귀를 기울이고 있자니 규칙적인 숨소리가 들립니다. 물어놓고 대답도 듣지 않고 잠들어버리다니 야속하다 야속해,라고 생각하며 이불을 끌어당겨 가슴을 덮습니다.

너무 무모한 걸까.

이따금 이렇게 생각할 때도 있다는 것을 소라에게 말해도 좋을지 망설입니다.

이런 이유로 낳겠다고 결심한 거면 너무 무책임한 걸까.

하지만 생각했어.

이렇게 열심히 꿈을 보내올 정도로 태어나고 싶은 아이로구나, 하고.

*

계속하겠습니다.

비위가 약해 입덧을 각오하고 있었는데 의외로 기미가 없습니다. 아침에 눈을 떠서 우유든 물이든 한컵 마실 때까지, 너울을 타고 오르내리는 듯한 메스꺼움이 있을 뿐 구토는 별로 없고 식욕은 오히려 늘었습니다. 먹는 입덧,이라고 소라는 말합니다. 그런 형태의 입덧도 있대. 엄마 고생을 덜하게 하는 아기네, 그렇게 말입니다. 매일 여름은 깊어가고 하루가 다르게 몸이 달라지고 있습니다. 아기가 들었나, 싶을 정도로 납작하던 배도 이즈막 눈에 띄게 부푼 듯하고 가슴의 변화도 확연해 예전 속옷을 입으면 갑갑합니다. 거울 앞에서 옷을 벗을 기회가 있을 때마다 배나 등에 손을 얹고 배의 굴곡을 관찰합니다. 이곳에 아기가 있다,라는 생각을 해도 막연한 생각뿐입니다. 초음파 검사를 통한 음영으로, 음파의 반영으로 만들어낸 그림자로 이제 갓 형성된 이목구비의 요철을 확인했을 뿐, 아기의 몸이란 아직은 그림자로만 존재하는 듯하고 실감은 부족합니다. 아기가 자라고 있다,라기보다는 심장이 자라고 있다,라고 생각하고 있습니다. 밤에 바닥에 가만히 드러누워 있으면 박동이 느껴집니다.

자그자그자그자그, 하고 내 것보다 빠른 박동으로 내 것과는 다른 흐름으로 순환하는 조그만 심장. 숨을 죽이고 이쪽의 기척을 줄여야 제대로 감각할 수 있을 정도로 가늘게 진동합니다. 자그자그자그자그, 하고 바쁘게 움직이는 두번째 심장.

아기에 관해서는 간신히 그 정도를 자각할 뿐인데 몸은 은근하고도 확실하게 달라지고 있습니다. 평소라면 먹고 싶다는 생각도 하지 않았을 음식이 먹고 싶다거나 평소 먹는 양의 두배를 어느 틈엔가 먹어버립니다. 이것을 먹고 싶은가 아닌가를 두고 망설이는 것이 아니고 이것은 먹어도 되는 음식인가 아닌가를 두고 망설입니다. 그런 방식으로 신체에서 모체로의 전환을 느낍니다. 부지불식,

따라가지 못할 속도로 착, 착, 진행되고 있는 듯해 신묘하고도 쓸쓸
합니다.

어떻게 됐나요?

전화번호를 적어준 뒤로 모세씨의 어머니는 하루 간격으로 전화를
걸어와 탁한 목소리로 묻습니다. 회사에서 임신을 눈치채기 전에
약혼과 결혼을 결정해야 한다고 완강하게 조언합니다. 하지만, 하
고 나나는 생각합니다. 여전히, 하지만.

아주머니를 만나고 오면 어떨까.

나기 오라버니는 진작에 그렇게 말했습니다.

일단은 모세씨와 둘이서 애자를 만나보면 어떻겠느냐는 조언입니
다. 임신했다는 것을 가장 먼저 알리게 된 사람도 오라버니로, 소라
에게는 아직 알리지 말아달라고 부탁하자 소라는 잘해줄걸, 하고
오라버니는 말했습니다.

어떤 사람이건 나나가 데려오는 사람이니까, 잘 대해주지 않을까.

소라는 그렇게 착하지 않아.

착해야 그렇게 하나.

그 정도로 나나를 믿는다는 거지, 하는 내용의 속 쓰린 대화를 나
눈 것이 벌써 몇주 전의 일입니다.

그날처럼 그리고 다른 날처럼, 삯의 좁다란 탁자 너머로 일하는 오
라버니를 지켜봅니다. 돼지고기 조각에 격자로 칼집을 내고 간장
을 바른 뒤 석쇠에 끼워서 불에 굽습니다. 타닥, 타닥, 기름이 튀는

것을 내려다보고 있다가 석쇠를 뒤집어 반대쪽 면을 익힙니다. 나나는 나기 오라버니의 요리보다도 요리할 때 오라버니의 움직임을 좋아합니다. 오라버니가 삯의 주방에서 국수를 볶고 달걀을 풀고 야채를 튀기고 지느러미를 떼어내고 고기를 저밀 때의 군더더기 없는 움직임을 좋아합니다. 특히 도마를 청결하게 사용하는 방식이 좋습니다.

어릴 때나 지금이나 나기 오라버니는 이마를 완전히 덮는 방식으로 머리를 자른 모습입니다. 조리할 때는 구부러진 용수철처럼 생긴 머리띠로 그 머리를 남김없이 뒤쪽으로 넘겨 고정합니다. 그러면 얼굴이 더 잘 보이지. 오라버니네 어머니를 꼭 닮은 외까풀 눈이며 주근깨며 어린 시절의 얼굴이 그대로 있는데 웃으면 놀라울 정도로 노인의 얼굴이 되어버리는 그 얼굴. 눈 주변으로 모이는 주름 말고도 위쪽으로 송곳니 한 자리가 비어서 유별나게 그렇게 보이는지도 모르겠습니다. 수년 전 외국에 나갔다가 이를 부러뜨린 채로 돌아왔는데 여태도 내버려두고 있는 것입니다. 이제는 그만 임플랜트라든지, 방법을 시도해보는 게 어떠냐고 권하고 늙어 보인다고 놀려도 또 노인 같은 얼굴로 웃고 맙니다. 웃기나 하고, 심술 나게.

출입문 근처에 앉아 있던 세사람이 자리를 비우고 삯은 조용해집니다. 중간쯤 자리에서 콩볶음에 맥주를 마시며 대화를 나누는 여자 둘과 맨 안쪽 자리에 앉은 나나뿐입니다. 막간을 이용해 나기 오라버니는 냉동실을 열고 팩째로 얼린 우유를 꺼냅니다. 큐브 모양으로 언 우유를 잘게 부숴 유리그릇에 담고 미숫가루와 꿀을 얹어 내 쪽으로 밀어줍니다. 이것은 삵의 메뉴엔 없는 요리로 최근의 나나 전용입니다. 여자들이 호기심을 보이며 저런 메뉴도 있느냐고 오라버니에게 묻습니다. 자기들도 먹고 싶다고 먹게 해달라고 조릅니다. 나기 오라버니는 조금 난감한 기색으로 웃고 있다가 본래는 메뉴에 없지만, 하며 만들기 시작합니다. 여자들은 맛있다고 난리입니다. 별것 아닌 것 같은데 맛있네, 하며 빙수를 먹는 동안 오라버니에 관한 것을 묻습니다. 아저씨, 전부터 궁금했는데 나이가 몇이에요, 결혼은 했나요, 여자친구는 있나요, 얘는 어때요, 나는 어때요. 완전하게 농담은 아닌 듯한 농담을 건네며 오라버니의 붙임성 있는 단답에 까륵까륵 반응합니다. 나나는 그릇 바닥에 가라앉은 꿀을 스푼으로 긁어 먹습니다. 흥, 하고 생각합니다. 소용없을걸.

그래봤자 소용없어.

얌전한 사람인 것처럼 여자들에게 웃어 보이는 오라버니를 멍하게 바라봅니다.

나나는 어린 시절에 나기 오라버니에게 뺨을 맞은 적이 있습니다.

이런 이야기는 하고 싶지 않네.

계속해보겠습니다.

그 시절에 나나는 작은 동물을 괴롭히며 놀았습니다.

강아지, 고양이, 햄스터, 드물게 기니피그. 꼬리를 밟아본다거나 발바닥을 찔러본다거나 가슴을 눌러본다거나. 괴롭혀서 즐겁다거나 괴롭다거나 도대체 뭘 느끼는 것도 없으면서 멍하게 괴롭혔습니다. 왼쪽과 오른쪽으로 나뉜 기묘한 집에서 살던 때로 나나의 나이, 열셋이었습니다.

당시는 중학교로 진학한 소라와 헤어지고 홀로 초등학교에 남게 된 시기로 점심을 먹을 때도 혼자, 하교할 때도 혼자, 소라와 나기 오라버니의 하교 시간은 나나보다 훨씬 늦었기 때문에 집에 돌아와서도 혼자, 자기만의 황폐에 잠긴 애자 곁에서, 단지 혼자였습니다.

묘한 시간이었습니다.

소라와 나나는 둘이 아닌 하나처럼 밀착되어 있었는데 이제 혼자 남겨지자 하나도 아니게 되어버린 듯했습니다. 이때까지 밀착되어 있던 것이 떨어져나가 어정쩡하게 절반인 채로 나나는 혼자였습니다. 혼자서, 왼쪽과 오른쪽 공간의 적막 속을 떠돌며 놀았습니다.

나기 오라버니네 거실엔 그 무렵 육각형 수조가 놓여 있었고 수조 속엔 언제나 물이 그득했습니다. 플라스틱 물풀과 초가집과 뼈 모양의 불가사리가 그 물에 잠겨 있고 그 틈을 빨간 금붕어들이 돌아다니고 있었습니다. 알사탕처럼 볼록한 몸에 화려한 지느러미가 달린 물고기들이었습니다. 수조를 청소하는 데 사용하는 기다란 유리막대를 담그고 물을 휘저으면 툭, 툭, 막대에 닿고 혼비백산, 지느러미를 흔들며 달아납니다. 그 가운데 특별하게 주의를 끄는 금붕어가 있었습니다. 빨갛고 금빛인 다른 금붕어들 틈에서 그 것만, 먹을 뭉친 듯 검은 빛깔이었습니다.

검은색이라서 불길했습니다.

검은 주제에 금붕어,라는 생각을 했는지도 모르겠습니다. 무심하게 그것을 표적 삼으며 시간을 보내곤 했습니다. 꼬리지느러미를 막대로 건드리면 살랑, 하고 방향을 바꿔 달아납니다. 달아나는 방향으로 쫓아서 다시 건드리면 다시 살랑, 달아납니다. 이렇게 몇번이고 집요하게 쫓고 건드리다가 하루는 구석으로 몰아붙인 뒤 막대 끝으로 꼬리지느러미를 꾹 찍어눌렀습니다. 지느러미를 잡힌 금붕어는 수조 벽에 코를 비비며 벗어나려고 안간힘이었습니다. 그 짧은 몸부림에 막대에 눌렸던 지느러미가 찢어지고 작은 조각이 뜯겨져나왔습니다. 지느러미 조각이 물에 풀린 먹처럼 고요하게 떠올랐다가 가라앉았다가 떠오르기를 반복했습니다. 정신없이 그것을 지켜보았습니다.

문득 뒤를 보니 나기 오라버니가 서 있었습니다.

어디서 무엇을 하고 왔는지 먼지투성이에 머리카락엔 흙이 엉겨붙은 유령 같은 모습이었습니다. 눈언저리엔 희미하게 멍이 올랐고 입술 끝엔 검붉은 점처럼 피가 고인 채로 굳어 있었습니다. 오라버니는 물끄러미 나를 보고 있다가 수조 쪽으로 다가와서 물속을 들여다보았습니다. 검은 금붕어는 입을 뻐끔거리며 물풀 근처에 머물고 있었습니다. 이따금 가슴지느러미를 움직여 방향을 바꿔가며 경계하고 있었습니다. 오라버니는 그것을 한참 들여다보고 있다가

등을 펴고 나나와 마주 선 뒤, 손바닥을 활짝 펴서 나나의 뺨을 때
렸습니다. 한대만으로 그치지 않고 몇번이나 힘껏, 힘껏.

아파?

오라버니는 물었습니다.

나나는 얼떨떨하게 정신이 나간 채로 오라버니를 바라보았습니다.
아프냐고 재차 묻는 말에 고개를 끄덕였습니다.

그런데 나는 아프지 않아, 오라버니는 팔을 늘어뜨리고 서서 태연
하게 말했습니다.

내가 너를 때렸으니까 너는 아파. 그런데 나는 조금도 아프지 않아.
전혀 아프지 않은 채로 너를 보고 있어. 그럼 이렇게 되는 건가? 내
가 아프지 않으니까 너도 아프지 않은 건가?

대답을 기다리는 듯 바라보는데도 대꾸하지 못하고 얼얼한 뺨에
손을 대고 눈을 깜박이며 마주 보았습니다. 오라버니는 새까만 눈
으로 나나를 보며 물었습니다.

하지만 너는 아프지, 그렇지?

압도된 채로 고개를 끄덕였습니다.

금붕어를 건드릴 때, 너는 아팠어?

고개를 저었습니다.

같은 거야,라고 오라버니는 말했습니다.

너하고 저것하고, 같은 거야.

아파?

오라버니는 물었습니다.

고개를 끄덕이자 기억해둬,라고 오라버니는 말했습니다.

이걸 잊어버리면 남의 고통 같은 것은 생각하지 않는 괴물이 되는 거야.

*

일요일에 애자를 보러 가요.

그렇게 말하자 모세씨는 알겠다고 말하면서도 그것은 그만두면 안되느냐고 물었습니다. 무엇을, 하고 묻자 어머니를 애자라고 부르는 것,이라고 대답합니다. 어머니를 이름으로 부르는 것을 듣는 것이 불편하다는 것이었습니다. 그러냐고 대꾸하고 애자는 애자, 라고 생각합니다. 애자는 애자라고 불러야 애자다우니까 애자라고 부를 수밖에 없지,라고 심술 반, 왠지 잘난 척 반을 섞어 생각합니다.

일요일이 되어 간단한 메뉴로 만든 도시락을 모세씨의 차에 싣고 출발했습니다. 모세씨의 차는 은색으로 휠도 반짝반짝 빛나는 신형입니다. 나기 오라버니가 타고 다니는 낡은 차와는 딴판으로 진동도 소음도 별로 없습니다. 안락하게 실려가는 길이었습니다. 몸은 그처럼 편안하고 날씨는 좋은데 마음은 어둡고 어딘가 강하게 구겨져 있었습니다. 주먹밥, 달걀말이, 열무, 가지무침, 뒷좌석에 실린 도시락에서 희미하게 풍겨오는 냄새를 맡으며 말없이 뒤로 흐르는 풍경을 바라보았습니다.

방명록에 이름을 적고 커다란 원탁이 놓인 응접실에서 애자를 기다렸습니다.

모세씨는 의자에 침착하게 앉아 창밖을 내다보고 있습니다.

창밖은 완전한 무더위. 바람도 습기도 거의 없이 햇빛으로 건조하게 끓는 듯한 오후였습니다.

응접실을 향해 발을 끌며 다가오는 소리를 듣고 바라보니 십대 후반으로 보이는 여자아이였습니다. 살집이 오른 몸에 고개를 숙인 채로 걷고 있었는데 단발로 자른 머리카락으로 얼굴을 가린 모습으로 슬리퍼, 스케치북, 인형을 담은 투명한 상자를 소중한 듯 안고 있습니다. 엄마,라고 말하며 응접실로 들어서서 문득 방향을 잃은 듯 멈춰섭니다. 간호사가 그녀를 따라들어와서 그녀의 팔에 자신의 팔을 끼웠습니다. 엄마는 여기에 없어. 엄마는 집에 있어. 엄마에게 전화해볼까. 우리 같이 전화해볼까. 간호사는 그렇게 달래고 여자아이는 서툴고 경직된 몸짓으로 그녀를 밀어냅니다. 모세씨 곁에서 그 조용하고도 완강한 실랑이를 지켜보고 있을 때 또다른 간호사가 나타나 애자의 보호자를 찾습니다.

움직이고 싶지 않아.

애자가 그렇게 말했다는 이야기를 듣고 병실에서 만나보기로 했습니다. 보자기로 묶은 도시락을 쥐고 간호사의 뒤를 따라 위층으로 올라갔습니다. 휠체어로 이동할 수 있도록 설계한 계단 없는 완만한 비탈의 복도를 지나서 간호 데스크와 투명한 플라스틱 블록을

끼운 채광창과 휠체어에 앉아서 일광욕을 하고 있는 할머니들 곁을 지나 애자의 병실로 들어섰습니다.

꽃.

꽃이었습니다.

꽃?

그렇게 묻는 소라를 향해 고개를 끄덕이고, 계속합니다.

사방이 꽃이었습니다.

벽에서 천장까지, 점점이 붙여나간 종이꽃으로 꽃 천지.

납작하고 겹으로 부풀고 크고 작고 가늘고 둥글고 뾰족한 것. 그처럼 종이로 만들어진 수백송이의 꽃이 벽에 달라붙어 있었습니다. 압도적으로 흰 것이 많았고 붉고 푸르고 노란 것들도 있었지만 색깔이 있는 것들도 어딘지 채도가 부족해 무척 창백한 광경이었습니다. 그런데 그건 무슨 꽃일까. 어떤 꽃이라고 해야 할까. 시들지 않고 썩지도 않고 먼지에 덮인 채로 다만 먼지가 되어갈 뿐인 꽃. 그런 꽃과 꽃.

아름답다고 생각하는 마음과 끔찍하다고 생각하는 마음이 뒤섞여 동요하고 말았습니다. 애자는 침대에 앉아서, 밖으로 터지고 번진 듯한 애자의 내면으로 발을 들인 사람들을 잠자코 바라보고 있었습니다. 나나는 침대 곁에 마련된 긴 의자에 앉아 도시락을 무릎에 올렸습니다. 도시락의 무게로 무릎을 누르며 애자를 마주 보았습

니다. 오랜만이었습니다. 그 이름 그대로 사랑으로 가득했으나 사
랑을 잃은 사람. 이게 애자지, 애자였지, 하고 생각하며 바라보았습
니다. 나나 내면의 애자보다도 연약하고 부드러워 보이는 실제의
애자에게 모세씨를 소개했습니다. 아기를 가졌어요, 이 사람이 아
기 아버지,라고 소개하자 모세씨가 꾸벅 인사했습니다. 애자는 별
다르게 놀라는 기색이 없었습니다. 가타부타 말은 않고 말간 눈으
로 나나와 모세씨를 번갈아 바라보았습니다.

도시락을 펼쳤으나 아무도 먹으려 들지 않았습니다. 거듭 권하자
가지무침 한점을 모세씨가 받아먹었을 뿐 그뒤로 더는 누구도 먹
지 않았습니다. 도시락을 펼쳐두고 셋이서 물끄러미, 그저 앉아 있
었습니다.

주차장으로 내려오는 길에 모세씨는 연못을 내려다보며 담배를 피
웠습니다. 연꽃 봉오리가 연못 복판에서 개화를 대기하듯 봉긋하
게 닫혀 있었습니다. 모세씨는 절반이나 남은 담배를 연못을 향해
던졌습니다. 겹겹으로 얽힌 뿌리가 들여다보이는 검은 물 위로 모
세씨의 담배가 백묵처럼 반듯하게 떠 있는 광경을 나나는 바라보
았습니다.

자정을 넘어 이제는 어제의 일정이 되어버린 일입니다.
마주 앉은 소라에게 이런 이야기를 들려준 뒤 밤 소나기가 내리는
소리를 듣습니다.
소라가 자리에서 일어나 거실 창을 닫고 돌아옵니다. 이제 잘까,

하고 말합니다. 어디서 잘래, 하고 묻는 말에 여기서,라고 대답합니다. 각자의 방에서 이불을 끌고 나와 거실에 펼칩니다. 최근엔 이렇게 자는 날이 많습니다. 낮에 도시락을 만드느라고 사용했던 식초와 기름 냄새가 희미하게 밴 거실에 잠자리를 준비합니다. 불을 끄고 나란히 눕고 나니 빗소리는 더욱 거세게 들려옵니다. 별다른 비 소식이 없었으므로 소나기라고 생각했는데 좀처럼 그치지 않고 만만치 않은 폭우로 쏟아지고 있습니다. 이 비는 어쩌면 요양원 부근을 훑고 이곳에 당도한 것인지도 모르겠습니다. 모세씨가 연못에 버린 담배는 이 비에 다 풀어졌을까. 지금쯤 연못 바닥으로 가라앉았을까. 어둠속에서 눈을 뜬 채로 모세씨가 담배를 버린 순간을 생각합니다. 담배 끝에 달려 있던 빨간 불씨, 그 불씨가 수면에 닿아 조그만 소리를 내며 사라지던 순간을 웬일인지 반복해서 생각합니다.

그래서,라고 소라는 말합니다.

그래서 모세씨는 뭐래.

그래서,라고 나나는 생각합니다.

비밀.

비밀로 하자고 모세씨는 말했던 것입니다. 적당하게 비밀로 하는 것이 좋겠다고 모세씨는 말했는데, 그런 이야기는 소라에게 할 수 없으니까, 비밀. 조용하게 숨을 쉬며 생각합니다. 적당하게,라니 그 것은 어느 정도일까. 모처럼 바깥이 서늘한데 비가 이렇게 와서 창을 열어둘 수 없다고 작게 투덜거리자 그러게,라고 소라가 대꾸합니다. 한차례 잦아들었다가 다시 거세지는 빗소리를 듣습니다.

전화벨이 울리는 소리를 듣고 눈을 뜬 것은 그로부터 얼마 되지 않아서였습니다. 삼십분 정도 잠들었을 뿐인데 몸이 무겁게 가라앉아 꼼짝할 수가 없습니다. 간신히 상반신을 일으키고도 등이 무거워 한동안 그대로 있다가 한숨을 쉰 뒤에야 전화기를 집습니다. 소라가 곁에서 부스럭거리며 돌아눕습니다.

여보세요.

여보세요.

있지.

애자는 거두절미, 행복하니,라고 묻습니다.

이쪽의 대답은 기다리지 않고, 아기를 가져서 행복하니,라고 다시 묻습니다.

행복하니. 행복하니. 행복하니.

행복하니.

저주처럼 몇번이고 반복되는 질문을 듣습니다.

……왜 행복하냐고 물을까.

애자는 아이를 낳고, 행복했을까.

소라와 나나를 낳고, 행복했을까.

행복했으므로 행복할 것이라고 생각해서 행복하냐고 묻고 있는 걸까. 얼음물을 뒤집어쓴 것처럼 머리끝부터 서서히 차가워집니다. 전화기를 쥔 손이 싸늘해, 이대로 얼어붙는 것은 아닐까, 멍하게 생각합니다. 어느 틈엔가 일어나 앉아 있던 소라가 전화기를 가져가 자신의 귀에 대고 듣습니다. 나나는 소라의 귀를 통해 애자의 말을 듣습니다.

있지.

왜 너희는 행복하니.
왜 너희만 행복해지려고 하니.

*

계속해보겠습니다.

소라와 모세씨의 첫 대면은 뜻밖에도 간단하게 이루어졌습니다. 나나를 데리러 왔던 모세씨가 집까지 올라와서, 마침 소라가 문을 열어서,라는 식으로 말입니다. 소라는 처음에 어리둥절하고 당황한 기색이었으나 모세씨를 안으로 들여 차를 대접했습니다. 별다른 대화를 나누지는 않았던 것으로 기억합니다. 소라가 차를 한모금 마시고 모세씨가 차를 한모금 마시고 나나가 차를 한모금 마시고. 그뒤로도 이따금 모세씨를 집에 데려오라고 소라는 말했으나 묘하게 내키지 않아 차일피일 미루는 틈에, 여름이 무르익고 있었습니다. 올해의 첫 태풍 소식과 더불어 부고를 받았습니다. 뜻밖의 사고를 당한 사람은 압둘이라는 별명을 가졌다는 사촌으로, 교통 사고라는 소식이었습니다.

소라와 나나와 나기 오라버니에게는 매년 정례로 여기는 행사가
두개 있습니다.

김치를 담그는 것과 남은 김치로 만두를 만들어 먹는 것으로, 각각
가을과 여름의 행사입니다.

나기 오라버니의 어머니인 순자 아주머니는 매년 상당한 분량으
로 김치를 담급니다. 묵은 김치를 처분하지 않으면 가을에 김장을
감당할 수 없을 정도이므로 여름에 김치냉장고를 그득 채운 김치
를 들어내서 만두를 만들어 먹습니다. 아주머니네에 모여서 절인
배추를 담은 함지를 앞에 두고 이 정도나 만드는 거냐고 놀라는 것
도, 소금에 절인 배추를 양념에 북북 버무리며 이제는 좀 적게 만
들라고 잔소리를 하거나 이게 보람이니 내버려두라는 대꾸를 듣는
것도, 계절이 지나 묵은 김치로 만두를 만들어 먹는 것도, 연례로
열리는 행사입니다. 고생을 자처한다고 투덜대면서도 소라도 나나
도 어쩌면 나기 오라버니도 은근하게 기다리는 행사로, 올해도 김
치를 처리해야 하는 날이 도래, 순자 아주머니네에 모이자는 약속
이 잡혔습니다.

만두를 만들자.

주말을 앞두고 만두소로 사용할 고기를 사러 나온 참이었습니다.
이름도 얼굴도 제대로 모르는 친척의 전화를 받은 사람은 소라였
습니다. 오라버니 곁에서 고기를 고르다가 돌아보니 소라가 전화

기를 쥐고 얼떨떨한 얼굴을 하고 있었습니다. 죽었대,라고 하는 말을 듣고 얼떨떨해진 채로 소라의 얼굴을 바라보았습니다. 그럼 가봐야지,라고 오라버니는 말했습니다.

장례식장에 가봐야지.

아닌 게 아니라 소라는 전화를 걸어온 친척으로부터 이제는 너희도 어른이 되었으므로 이런 자리에 다녀야 도리라는 충고를 들은 모양이었습니다. 그러나 그 말을 듣고 보니 웬 도리, 하고 도리어 사납게 생각하지 않을 수가 없었습니다. 금주씨의 사망 합의금과 애자를 두고 흉한 모습을 보이던 사람들이 이제 와서.

가지 말자.

가서 뭐해,라고 졸랐으나 그래도,라는 소라의 의견에 오라버니까지 은근하게 힘을 보태서 결국은 가자는 방향으로 결정되고 말았습니다. 집으로 돌아가 검은 옷을 챙겨입은 뒤 이렇게 가게 됐으니 오라버니도 같이 가자고 나나가 심술에 고집을 부려 나기 오라버니까지, 장례식장으로 출발하게 되었습니다.

가서 뭐해.

그렇게 물었으나 실은, 가서 뭐라고 말을 해,라고 하는 쪽에 가까웠습니다.

뭐라고 말을 해.

할 말이 없으므로 말할 것이 없는 것이 아니고 할 말이 차고 넘쳐 말할 수 없는 경우입니다. 장례식장엔 친척들이 모였을 것입니다.

사촌보다도 죽음보다도 그의 죽음을 애도하는 심정보다도 그 장소에서 그들과 마주치게 될 일을 생각하느라고 마음이 소란스럽습니다. 잔뜩 말하고 싶어. 그들의 앞에 서서 그들의 얼굴을 바라보며 그들에게 묻고 대답을 듣고 잔뜩 말을 하고 싶어. 잔뜩. 잔뜩. 잔뜩. 소라와 나나가 얼마나 외로웠는지. 실은 얼마나 고요하게, 그들을 원망했는지. 그렇게 죽음은 멀고 마음은 넘쳐나는 채로 오라버니의 낡은 차에 못마땅한 기색으로 실려가는 길이었습니다.

자기까지는 아무래도 좀 그렇다며 너희끼리 다녀와,라고 말하는 오라버니를 주차장에 두고 소라와 둘이서 장례식장으로 올라갔습니다. 역시나 많은 사람들이 당도해 있었습니다. 다음에 만난다면 영정으로 뵙게 될지도 모르겠네,라고 생각했던 할머니도 검은 옷을 입고 친척들 틈에 앉아 조문객들을 노려보고 있었습니다. 희고 노란 국화에 파묻힌 듯한 모습으로 사촌의 영정이 마련되어 있었습니다. 소라와 번갈아가며 분향을 하고 두 손을 모으고 서서 젊은 사촌의 얼굴을 바라보았습니다.

기억에 있는 모습이라곤 단 하루, 함께 오리를 먹으러 갔을 때뿐입니다.

그때 나나는 다분히 공격적인 호기심에 따라나섰을 뿐 사촌에게는 조금의 관심도 없었습니다. 그토록 세월이 흐르도록 애자에 관한 것은 단 한마디도 묻지 않는 백부와 백모에게, 왜 애자에 관해서는 묻지 않느냐고 물을 작정, 그것 한가지만 품고 있었으니까. 결국엔 묻지 못하고 말았지만 그것 한가지만 생각하고 있었으니까.

자그자그자그자그.

사촌의 심장도, 어느 시기엔 그렇게 바쁘고 조그맸겠지.

그것을 백모도 가만히 감각한 날이 있었겠지.

활달하고 의기양양하던 백모는 검은 상복을 입은 사람들에게 둘러
싸인 채로 바닥에 앉아 있습니다. 기도를 올리는 사제에게 두 손을
잡힌 채로 다시는 열지 않을 것처럼 고통스럽게 눈과 입을 닫은 옆
모습이 보입니다. 장례식장에 들어설 때까지만 해도 마음먹고 있
던 것과는 딴판으로, 몹시 위축되고 긴장한 채로 그녀를 지켜봅니
다. 사제가 기도를 마치자 백모는 그의 무릎 앞에 허물어지듯 엎드
리며 말합니다. 다 필요 없어…… 나 이제 못 믿어…… 신을 못 믿
어…… 더는 못 믿겠어…… 신부님 나 이제 어떡해요 내 아들 어떡
해요 내 새끼 어떡하면 좋아…… 하고 이어지는 말을 듣습니다. 장
례식장에 모인 사람들이 기척을 죽이고 그것을 듣고 있습니다. 백
모는 이제 사람들 틈에 묻혀 보이지 않습니다. 소리로 들을 수 있
을 뿐입니다. 이야기를 나누는 소리도 젓가락질을 하는 소리도 없
고 다만 적막해, 출혈과 온도가 느껴질 정도로 가라앉은 그 목소리
뿐입니다.

자식을 잃은 사람.

그 압도적인 고통이 나나에게는 없습니다.

숨을 들이쉬다가 딸꾹질을 하는 듯한 호흡이 되고 말았습니다.

비로소 자각했습니다.

나는 내 고통에 관해서만 맹렬하게 생각하고 있었을 뿐, 저기 분명한 고통에 관한 것은 생각해보려고 하지도 않았다는 것을. 그거야말로 나나가 가장 혐오하는 애자와 가장 가까운 마음이라는 것을. 그 옛날, 나기 오라버니가 나나의 뺨을 때려 가르쳐준 것을 완전하게, 잊고 있었다는 것을.

사람은 그렇게 괴물이 되는 거야.
잊지 마.
그렇게 뼈저리게 들은 당부를 매순간, 자연스럽게 잊고 있었다는 것을.

장례식장으로 올라서는 마루 밑엔 제짝을 단번에 구별하기 어려울 정도로 많은 신발들이 널려 있었습니다. 소라하고 마루 끝에 나란히 서서, 그야말로 발 디딜 틈이 없도록 놓인 신발을 내려다본 끝에 각자의 것을 찾아냈습니다. 구두를 신고 주차장으로 돌아갔습니다. 오라버니는 바람을 쐬러 차 밖으로 나와 있었습니다. 바지 주머니에 손을 찌르고 반송과 단풍이 자란 화단에 걸터앉아 있습니다. 눈이 마주치자 왔어, 하듯 오후의 그늘 속에서 턱을 들어올립니다. 햇빛 때문에 눈을 찡그리고 있습니다. 웃고 있지 않은데도 늙어 보이는 얼굴. 깜짝 놀랄 정도로.
나나는 저 사람의 어린 시절을 알고 있습니다.
나 말이야.

오라버니하고 아기를 만들고 싶었어.

그런 소원을 지닌 시절이 있었다는 것은 비밀.

비밀이야.

계속하겠습니다.

*

그뒤로도 이따금 집 아래쪽에서 나나를 기다리는 모세씨를 소라가
창밖으로 내다보고 모세씨가 올려다보아서, 서로에게 목례를 하는
정도가 된 모양입니다. 하루는 소라가 아래쪽을 물끄러미 내다보
고 있다가 저 사람은 안녕하세요,라고 말하지 않네,라고 했습니다.
안녕하세요?

그러고 보니,라고 생각합니다. 그러고 보니 들어본 적이 없습니다.
모세씨가 안녕하세요,라고 누군가에게 말하는 것을 들은 적이……
별로 없는 것이 아니고 아예 없는 것이라니 설마,라고 생각하며 기
억을 뒤지듯 더 생각을 해보아도, 없습니다. 없어. 없습니다. 모세
씨가 누군가에게 가볍게 목례하는 것을 본 적은 있어도 안녕하세
요,라고 인사하는 것을 본 적도 들은 적도 없는 것입니다.

어떻게 됐나요?

모세씨의 어머니는 여전히 하루 간격으로 전화를 걸어와 묻습니다.

1월엔 7일이 길일이라네요.

길일요?

그렇게 묻자 아기에게,라고 대답합니다.

전화기를 귀에 댄 채로 고개를 들자 사무실 파티션 너머로 모세씨의 모습이 보입니다. 책상 위로 고개를 숙이고 무언가를 들여다보고 있습니다. 모세씨의 어머니가 계속합니다. 1월에 태어날 아기인데 산달에 가장 좋은 날짜가 7일이니 아기는 바로 그날에 태어나야 한다고 말입니다. 그렇네요, 그날이 좋다니 그날이면 좋겠네요, 하지만 그게 마음대로 되나요, 마음대로 나오나요. 그렇게 말하자 모세씨의 어머니는 그날에 낳아야죠,라고 대꾸합니다.

그날이 좋다니까 그날 배를 열어야죠.

네?

열어야지 배를.

연다고요?

수술로, 날짜를 맞춰야죠.

요즘엔 다들 그렇게 하고 있어요,라고 단호하게 말하는 것을 듣고 무엇을 들었나 곱씹어봅니다. 섬뜩하고 무섭습니다. 실은 있지, 애자에게 무슨 이야기를 들어도 이렇게까지 무섭지는 않았는데.

……그렇게 하면 아프잖아요?

그렇게 묻자 전화기 저편에서 무슨 말이냐는 듯 코웃음을 치는 소리가 들려왔습니다.

어차피 겪을 거잖아요?

최근, 모세씨와 교외로 나갔던 첫 데이트를 떠올리는 일이 잦습니다. 수목원이었지.

사무실에서는 각자의 일을 하고 퇴근하는 길에 저녁을 함께 먹고 모세씨가 집까지 바래다주면 집 앞에서 내일 봐요, 하며 헤어진 뒤에 정말로 다음 날 사무실에서 다시 만나는 나날이 고요하게 이어지던 즈음이었습니다. 하루는 회사 부근에서 단둘이 점심을 먹다가 날씨가 하도 좋아서, 조금 멀리 가보고 싶네,라고 혼잣말을 했습니다. 모세씨는 어디를 가고 싶으냐고 물었습니다. 그냥 조금 멀리, 라고 대답한 뒤에 잊어버렸는데 며칠 뒤에 모세씨는 어디를 가고 싶으냐고 다시 물어왔습니다. 처음엔 별로, 특별하게 가고 싶은 곳은 없다고 대답했다가 그뒤로도 집요하게 몇번이고 물어와서 깊이 생각하지 않고 수목원이라고 대답했더니 수목원, 하고 모세씨는 고개를 끄덕이며 깊이 새기는 눈치였습니다. 이윽고 돌아온 주말에, 큼직한 피크닉 바구니까지 마련해서 나나를 데리러 온 것입니다. 신중하게 자동차를 몰아가면서 모세씨는 지금 가고 있는 수목원에 관한 이야기를 들려주었습니다. 원시림이래요. 전쟁 때 생긴 상흔으로 연리지가 되어버린 나무가 있대요. 조수석에 앉아서 고개를 끄덕이며 그런 이야기를 들었지만 원시림에서 자기들끼리 잘 얽혀 자라는 나무에까지 의미를 걸어두고 의미심장해지다니, 인간이란 참 어쩔 수 없네요, 어쩌고 생각하며 심드렁하게 실려가고 있었습니다.

수목원까지는 자동차로 두시간을 달려야 하는 거리였는데, 도착하고 보니 입장이 되지 않는 날이었습니다. 쇄도하는 방문객으로부터 원시림을 보호하는 시기였던 것입니다. 검정과 노란 줄무늬가 그려진 바리케이드가 숲으로 올라가는 비탈 입구를 묵직하게 가로막고 있었습니다. 모세씨는 바리케이드 앞에 선 채로 그 너머의 숲을 우두커니 바라보았습니다. 샌드위치에 자몽에 탄산수에 금속 나이프와 포크와 도자기 접시까지 담긴 진짜 피크닉 바구니를 한 손으로 들고, 어쩌지,라고 중얼거리며 둥근 귀를 붉힌 모습으로 당황하고 있었습니다. 바구니의 무게로 손잡이를 잡은 손의 마디가 하얗게 질려 있었습니다. 안쓰럽다고 생각했습니다.

수목원에 가고 싶다는 대답은 대강이었는데.

대강의 대답을 듣고 이렇게 노력하는 서툰 사람.

사랑스럽다고 생각했습니다.

사랑스럽지만 더는 안되겠다.

그렇게 생각하기 시작한 순간이 언제부터였는지를 말해보겠습니다.

어차피 겪을 거잖아요.

듣기에 따라서는 묘하게 차가운 하대로 마무리된 그날의 통화 뒤로, 내내 궁금하던 것을 모세씨에게 물어보았습니다. 퇴근하는 길에 들른 샐러드 전문점에서, 좀 잘못된 장소였는지도 모르겠네. 고무나무를 우묵하게 깎아 만든 그릇에 담긴 야채를 포크로 덜어내 골똘히 들여다보며 먹다가, 요강요, 하고 말하자 모세씨는 요강?

하고 묻듯 고개를 들었습니다.

요강요. 모세씨의 어머니가 그것에 관해 좋다거나 싫다거나 말한 적은 없었나요,라고 묻자 모세씨는 달걀노른자 부스러기가 달라붙은 입을 우물거리며 한동안 나나를 바라보았습니다.

없어요.

없어요?

네.

없어요,라고 말하는 모세씨에게 모세씨는 궁금한 적 없었나요,라고 물었습니다. 아버지는 왜 요강을 남의 손으로 비울까, 어머니는 왜 남의 요강을 비울까, 그런 걸 묻고 대답을 듣고 싶었던 적이…… 거기까지 말했을 때, 남이라뇨, 하고 모세씨가 말했습니다.

남이라고 할 수 있나.

남이 아니에요?

어떻게 남이죠?

남인데.

가족인데.

가족은 남이 아닌가요?

남이 아니죠.

단호하게 말하고 모세씨는 포크로 찍은 당근을 입에 넣고 오독오독 씹었습니다. 그 모습이 유별나게 낯설어 한동안 바라보았습니다. 남이 아니라니 모세씨는 진심인 걸까. 남이 아니라서 모든 걸다 알고 있다고 생각하는 걸까. 다 알고 있으니까 더 알 필요도 궁금하게 여길 필요도 없다고 생각하는 걸까. 하지만 나나는 모르는 것투성이인데. 애자에게도 소라에게도 나기 오라버니에게도 지금 이 순간 모세씨에게도, 모르는 것이 잔뜩인데. 가족이라도, 모르는 것투성이.

그러면 모세씨는요? 모세씨도 가족인데, 모세씨도 요강을 비워본 적 있나요.

……왜 그런 걸 자꾸 물어요?

궁금해서요.

모세씨는 한숨을 쉬면서, 등받이 쪽으로 푹 꺼지듯 기대앉더니 부부잖아요,라고 말했습니다. 두사람은 부부잖아요, 부부 사이에 그 정도는 있을 수 있는 일 아닌가? 그런 말을 끝으로 이제 이 이야기는 끝,이라는 듯 탁자 쪽으로 몸을 당기고 왕성하고도 완강하게, 샐러드를 먹었습니다. 나나는 접시에 놓인 올리브를 포크로 굴리며 내려다보았습니다. 모세씨에게 부부는 그런 것, 하고 생각합니다. 모세씨에게 가족은 그런 것, 남이 아닌 것. 그러면 나나도 모세씨의 가족이 되면 남이 아니게 되는 걸까. 모세씨네 이상한 텔레비전 시청. 그것은 시청이라고 해야 할지 대화라고 해야 할지. 나나도 언젠가는 텔레비전을 향해 말하게 되는 걸까. 나란히 앉아서도 텔레비전을 향해 묻고 텔레비전을 향해 대답하는, 어쨌든 남이 아닌 사람들. 보통의 가족이란 그런 걸까. 나나와 소라는 경험하지 못했으므로 그런 걸 모르는 것뿐일까. 하지만……

하지만, 하고 생각합니다.

애자의 일은 비밀로 하자고 했으면서.

애자가 요양원에 머물고 있다는 것은 모세씨의 부모님에게 비밀로
해두는 것이 좋겠다고 했으면서. 그것은 어째서일까. 남도 아니고
가족이라서 배설물을 맡기는 것은 괜찮다고 하면서, 왜 애자는 비
밀이 되어야 하는 걸까. 왜 나나는 애자를 비밀로 해야 하는 걸까.
그게 왜 좋은 것이 되는 걸까. 이런 것을 모세씨는 왜 제대로 생각
해주지 않는 걸까. 빈손으로 나이프를 쥐었다가 차갑고 묵직한 금
속의 느낌에 섬뜩해서, 도로 내려놓고 두 손을 무릎에 올렸습니다.
아까부터 토라진 듯한 얼굴을 하고 묵묵히 샐러드를 먹고 있는 모
세씨를 모세씨, 하고 불렀습니다.
모세씨는 나하고 틀림없이 결혼할 생각인가요?
네.
아이가 있으니까?
그게 수순이기도 하고요.
수순요?
당연한 것 아닌가요?라고 되묻는 모세씨에게 당연하지 않아요,라
고 답했습니다.
나는 모세씨하고 결혼할 생각이 없어요.

*

오래 기다리셨습니다.

그간의 여러가지 일로 미뤄졌던, 만두를 만드는 날이 되었습니다. 소라와 나나와 나기 오라버니가 만두를 만들기로 할 때 그 만두는 순만두, 오라버니의 어머니인 순자의 순旬을 붙여 그렇게 부릅니다. 특별한 방법은 없고 고기 듬뿍, 두부 듬뿍, 김치를 듬뿍 사용해 만드는데 듬뿍의 기준은 어디까지나 아주머니의 손어림입니다. 그밖엔 오라버니의 반죽으로 만두피를 만든다는 점 정도. 그뿐인데 그 점이 중요해서, 다른 사람의 배합이나 반죽으로는 순만두의 맛과 식감을 낼 수 없습니다. 본격적으로 만두를 빚기 전, 오라버니는 밀가루를 담은 그릇을 다리 사이에 끼고 앉아 미리 반죽을 해둡니다. 표면이 보송보송해질 때까지 치대다가 랩으로 싸서 반죽 그릇 안에 몇시간이고 내버려둔 뒤에 랩을 벗겨내면, 반죽은 발효되어 약간 미지근하고 부드럽게 부풀어 있습니다. 그대로 쪄내도 맛있을 것처럼 보이는 덩어리에서 엄지 한마디 굵기로 조금씩 반죽을 떼어가며 작업합니다. 밀가루를 뿌린 도마 위에서 떼어낸 반죽을 방망이로 가급적 균질하게 밀어 너무 얇지도 두껍지도 않게 피를 만들어냅니다. 만두의 형태는 두가지로 정해두고 기름에 구워 먹을 납작한 것, 찌거나 국으로 끓여 먹도록 둥글게 여민 것을 만듭니다. 그렇게 정해두었지만 실은 반드시 그렇게 하라고 정해진 것도 아니라서 이따금 두툼한 나뭇잎 모양으로 만들거나 송편처럼 날렵하게 만들어보는 일도 있습니다.

올해는 다른 해보다 묵은 김치의 양이 많아서 빚어야 할 만두의 양도 만만치 않다는 소식입니다. 모세씨를 초대하면 어떨까,라는 소라의 제안에 됐다,라고 대답합니다. 싸웠어?라고 묻는 소라에게 모세씨가 화가 났다고 대답합니다.

모세씨하고는 결혼할 수 없어요.

가족이 되고 싶지 않아요, 모세씨하고는.

그렇게 말한 날부터 여태, 모세씨는 한마디 말도 없이 고요하게 화를 내고 있습니다.

그럼 우린 뭐가 되나요. 결혼하지도 않고, 가족이 되지도 않고, 뭐가 되나요.

그렇게 묻고는 벌써 열흘째 말을 걸어오지도 않고 곁에 다가오지도 않습니다. 사무실에선 각자의 일을 하고 점심도 각자, 다만 퇴근할 무렵에, 하던 일을 정리하고 자리에 앉아서 가만히 이쪽을 바라봅니다. 먼저 다가가서 미안하다고 말을 걸고, 일전의 그 말은 없던 셈 치고, 같이 집으로 돌아가요,라고 해주기를 기다리는 것 같은 모습입니다. 안타까워 파티션 너머로 그 눈을 마주 바라보지만 나나에게도 양보할 수 없는 것이 있으므로 다가가지 않습니다. 내다버린 것 같은 마음에 죄책감을 느끼면서도 다가갈 수 없습니다.

있잖아.

아주머니네로 가져갈 수박을 고르는 자리에서, 아기는 혼자 키우기로 했다고 고백합니다. 모세씨와는 이제 안돼. 안되겠다고 결정

했어. 뜻밖에도 퉁명하게 나온 말투에 마음도 덩달아 퉁명해지고
말았습니다. 소라는 알았어,라는 듯 고개를 끄덕이며 자두를 내려
다봅니다. 순순하지만 갑작스럽게 경직되어 보이는 그 모습에 나
나가 가해한 듯하고 나나야말로 가장 나쁜 것인지도 모르겠다는
생각을 합니다. 소라는 뭘 생각해? 지금 뭘 생각해? 실은 나나를 원
망하고 있지 않아? 비난하고 있지 않아? 왜 더 묻지 않아? 왜 제대
로 물어주지 않아?라고 생각하면서도 그런 것을 제대로 묻지 못하
고 있는 나나야말로, 연약한 것인지도 모르겠습니다. 연약하다니,
교활하게. 이런저런 생각으로 어지러워 고개를 숙이고 있는데 소
라가 나나의 약지를 살짝 잡았다가 놓습니다.

아기는 괜찮아. 이모가 있으니까, 괜찮아.

……싫으면서. 아기 같은 건 싫다고 생각하고 있으면서.

그러네 싫어.

그거 봐.

하지만 처음부터 무조건적으로 좋은 것도 미심쩍으니까. 그러니
까……

의지해봐, 가느다란 목소리로 그렇게 덧붙이지만 믿을 수 없다고
나나는 생각합니다. 힘도 무엇도 나나보다 약한 사람이 하는 말 같
은 건 신뢰할 수 없다고, 따끔따끔하게 올라오는 것을 삼키며 생각
합니다.

아주머니네 집은 이층입니다. 건물 외벽에 붙은 계단을 꾹꾹 올라

갑니다. 길고 가파른 이 계단은 지붕도 없이 외부로 노출되어 있어 여름엔 빗물이 흐르고 겨울엔 눈이 쌓여 수년째 나기 오라버니가 관리하고 있습니다. 한번도 알은척하지는 않았지만 나나는 눈이 내리는 날에 오라버니가 이 계단에 들렀다 가는 것을 알고 있습니다. 눈이 내리면 오라버니는 굵은소금 한봉지를 챙겨 이 계단으로 옵니다. 계단을 다 오른 곳에 걸린 빗자루를 사용해 한단 한단 눈을 쓸어내며 내려온 뒤 집 앞까지 커다란 부채꼴로 눈을 쓸어두고 굵은소금을 뿌려가며 다시 계단을 오르는 것입니다. 언젠가 이른 아침에 나나는 그것을 목격한 적이 있습니다. 혼자서 아주머니네에 저녁을 먹으러 들렀다가 집으로 돌아가는 것도 귀찮아 하룻밤을 머물고 난 새벽에 싹, 싹, 소리가 들려 밖을 내다보니 오라버니가 있었습니다. 왠지 알은척을 할 수 없어 다만 지켜보았습니다. 빗자루를 본래 있던 자리에 걸어두고 젖은 장갑을 툭툭 털어 점퍼 주머니에 넣은 뒤 골목을 걸어내려가는 오라버니를 말입니다.

저희 왔어요,라고 말하며 현관으로 들어섭니다.

플라스틱 대나무 발이 두겹으로 드리워진 문은 바깥쪽을 향해 열려 있습니다. 반죽을 하려고 일찍 와 있던 오라버니가 현관으로 나와서 수박이 담긴 망을 받습니다. 뭐 이런 걸 사오고 그러냐, 하면서도 아주머니는 수박을 반기는 기색입니다. 바로 도마를 내려 반으로 자른 뒤 랩을 씌워 냉장고에 넣어둡니다. 이렇게 움직이는 와중에도 나나야 배는 어떠냐,라고 물으며 오라버니에게 새 방석을 내주라고 말합니다. 만두를 만들 준비로 어수선한 거실에서 소라는 식혜를 한잔 받고, 나나는 보리차를 한잔 받습니다. 목이 마른 참이라 보리차를 단숨에 마시고 빈 컵을 부엌으로 가져가서 식혜를 달라고 조르자 임산부와 수유하는 사람은 먹는 것이 아니라고 말합니다. 왜요,라고 묻자 젖이 마른다,라고 대꾸하며 야, 주는 대로 먹어라,라고 맑은 목소리로 쏘아붙입니다. 톱밥에 묻어둔 사과 냄새. 과일가게를 그만둔 지도 수년은 되었는데 아주머니의 집과 아주머니에게서는 여전히, 궤짝에 담긴 과일 냄새가 납니다. 노점 생활로 얼었다 풀리기를 반복해 적갈색을 띤 얼굴을 바라봅니다. 넉달 만이네. 언제나 봐온 것 같은데 돌이켜보면 항상 그 정도는 시간이 흐른 뒤라서 애틋하기도 하고 무섭기도 합니다.

아주머니 혹은 어머니.

어느 쪽이든 상황에 따라 자연스럽게 부르곤 하지만 애자와는 다르게 순자,라고 부를 수는 없습니다. 일단은 오라버니가 순자,라고 부르지 않으니까.

순자와 애자.

때때로 생각할 때가 있습니다.

소라와 나나는 아주머니의 밥을 먹고 자랐으므로 우리 자매에게 집밥, 하는 것은 마땅하게 이 집의 밥과 반찬입니다. 아주머니의 손맛. 성장기에 압도적으로 그 맛에 물들었으므로 아무리 맛있는 것을 먹어도 이 집 외의 맛은 소라에게도 나나에게도, 남의 집 맛입니다.

그런데도 때때로 생각할 때가 있습니다.

순자의 전심전력보다는 애자의 전심전력이 완전한 것은 아닐까. 남몰래 이렇게 생각하고는 하는 나나는 아무래도, 애자와 가장 닮은 천성을 지녔는지도 모르겠습니다.

전심전력, 그러므로 나나는 그것을 경계하고 있습니다.

만두를 만들다보면 자연스럽게 옷을 망치게 되므로 작업복이 필요합니다. 옷을 갈아입습니다. 오고 가며 얹어둔 잡동사니가 화장품보다도 많은 화장대가 있는 방에서, 아주머니가 내준 일바지를 입자 몸가짐이 저절로 아주머니를 닮아버립니다. 만두소가 담긴 스테인리스 대야를 향해 편하게 앉자마자 순자 아주머니와 같은 포즈라는 것을 자각합니다. 그리웠다고 생각합니다. 최근의 나나에게 결정적으로 부족하던 것은 이것이었을지도 모르겠다고 생각합니다.

속 먹으라고 만두, 겉 먹으라고 송편.

그렇게 말하며 아주머니가 만두소에 마지막 첨가물인 다진 파를 붓습니다. 파는 맨 마지막입니다. 처음부터 넣고 버무리면 파가 뭉개져 끈적끈적하고 비리다. 나나는 그런 것을 아주머니에게 배웠습니다. 가르침 받은 대로 최대한 적은 힘과 적은 손짓으로 휙, 버무립니다. 오라버니와 소라가 만들어내는 만두피를 손바닥에 올려 속을 채우고 오므립니다. 속도가 달라 만두피가 쌓이면 오라버니가 혹은 소라가 만두소 쪽으로 붙어 소를 채우다가 만두피가 부족해지면 다시 만두피 작업으로 돌아갑니다. 일단 오므린 만두는 밀가루에 한번 눌렀다가 쟁반에 늘어놓아야 달라붙지 않습니다. 이렇게 늘어놓은 만두는 소라와 나나와 오라버니의 것이 다 다른 모습. 아주머니가 쟁반째 그 만두를 쏟아다가 김이 오르는 솥에 쪄냅니다. 냉동실에 두고 먹을 만두라도 일단은 쪄내야 터지지 않는다는 것을 알려준 사람도 아주머니입니다. 만두를 쪄내는 김이 서린 공간에서 송골송골 맺힌 땀을 닦아가며 배운 대로 천천히 만듭니다. 틈틈이 복숭아를 먹고 수박을 먹어가며 한쪽에서는 만들고 한쪽에서는 쪄내고. 제사를 지낼 때 사용하는 큰 상을 가득 채우고도 거실 곳곳에서 각종의 쟁반에 놓인 채로 모두의 만두이자 각자의 만두가 투명하게 식어갑니다.

새로 버무린 만두소의 간을 보라며 가져다준 뜨거운 만두를 밀가루 묻은 손으로 덥석 집어 먹습니다.

어떠냐고 묻는 말에 맛있다고 대답합니다.

맛있어.

정말로 맛있어.

그립고 즐겁고 애틋하고 두렵고 외롭고 미안하고 기쁜 마음이 뒤섞여 뒤죽박죽.

엉망진창입니다.

*

만두를 만드는 날의 마무리는 만둣국.

그렇게 정해져 있습니다.

김을 내며 끓고 있는 물에 만두를 넣기 직전, 달걀이 떨어진 것을 알아냈습니다. 만둣국엔 마지막에 달걀을 풀어야 국물이 쓸쓸하지 않다는 것이 아주머니의 방식이고 어느 틈엔가 소라도 나나도 그렇게 생각하고 있습니다. 다녀오겠다며 나서는 오라버니를 말리고 바람도 쐬고 조금 걸어볼 겸 집을 나섰습니다. 해 질 무렵이었습니다. 근처 슈퍼마켓에서 달걀과 비스킷과 내친김에 우유도 사서 봉지에 담아들고 돌아오는 길에 모세씨를 보았습니다. 문이 닫힌 두유대리점을 등지고 서서 아주머니네로 올라가는 계단을 물끄러미 바라보고 있었습니다. 나는 앞섶에도 밀가루, 바지 자락에도 밀가루, 머리카락에도 밀가루 반죽이 묻은 모습인데 그런 모습이라서 피곤하고, 조금 부끄러웠습니다. 모세씨, 하고 부르자 침울하게 입을 다문 얼굴로 이쪽을 돌아보았습니다.

여긴 어떻게 왔어요?

……따라왔어요.

어디서요?라고 물으니 모세씨는 고개를 숙이며, 집 앞에서,라고 대답했습니다.

기다리고 있었는데, 나나씨가 나오기에.

여태 바깥에 있었어요?

네.

왜요,라고 묻지는 않고 입을 다물고 바라보았습니다.

나나씨, 내가 싫어요?

싫어졌습니까,라고 모세씨는 물었습니다.

……아뇨.

그럼 나하고 살아요.

싫어요.

가족이 되어야죠,라고 모세씨는 말했습니다.

모세씨.

………

좋아해요.

………

하지만 모세씨가 바라는 가족은 될 수 없어.

……나나씨는 이기적이네. 자기 생각만 하고 있어. 아이는 어떡하고요. 아이가 자라면서 받게 될 사회적 대미지는 어떡하고요.

대미지라니, 이상한 순간에 영어를 사용하네…… 귀여워,라고 생각한 순간 어깨를 잡혔습니다. 눈앞으로 바짝 다가온 모세씨의 얼굴은 며칠 사이에 가칫하게 말라 있었습니다. 모세씨의 엄지가 견갑골을 찌르듯 눌렀으나 압도적으로 집중하고 있는 모세씨의 눈을 들여다보느라고 아픔을 느낄 겨를이 없었습니다. 우린 어떡해요,라고 모세씨는 말했습니다.

나나씨는 아이를 아버지 없이 기를 작정입니까. 내가 있는데? 아버지가 있는데? 내 아이인데? 나도 아이에 관해서는 권리가 있는데? 나는 어떡하라고. 그리고 우리는? 우리는 무슨 관계인 거죠? 무슨 관계가 되나요? 아이도 있는데, 결혼하지 않고? 번갈아가며 키우나? 나나씨는 그런 걸 원하나요? 그게 무슨 가족이야? 그게 말이 되나요? 말이 되나 그게? 말이 되냐. 말이 되냐고.

모세씨의 손에 양쪽 어깨를 비좁게 잡힌 채로 앞뒤로 흔들리고 있었습니다.

괴로웠습니다.

딴에는 다만 어깨를 필사적으로 잡은 것뿐인지도 몰랐으나 두개의 엄지가 목을 강하게 파고들어 숨이 막혔는데 모세씨는 그것을 모르고 계속 힘을 주고 있었습니다. 차츰차츰 더 강하게 힘을 주며 자신의 이야기를 하고 있었습니다.

안되겠다.

정신을 잃을 수도 있겠다.

그렇게 생각하고 모세씨의 팔을 잡았습니다. 미끈미끈하게 땀이 밴 팔뚝을 손톱으로 움켜쥐자 미간을 찡그리면서도 모세씨는 손을 풀지 않았습니다. 모세씨는 여태도 무언가를 말하고 있었으나 나나는 목이 졸려 아무것도 듣지 못했습니다. 아무것도 들리지 않았습니다. 아무런 소리도 말도 없이 고요하게, 목을 졸리고 있었습니다.

자그자그자그자그.

등뼈 끄트머리쯤을 세차게 두드리는 것이 있었습니다. 깜짝 놀라 팔을 휘두르고, 사람의 피부를 할퀴었다는 것을 느꼈습니다. 모세씨의 왼쪽 뺨에 핏방울이 맺히는 것을 아득한 눈으로 바라보았습니다. 모세씨, 하고 목을 졸린 채로 생각했습니다.

아프지 않아?

잊지 마.

내가 이렇게 아플 수 있으면 남도 이렇게 아플 수 있다는 거. 제대로 연결해서 생각해야 해. 그런데 이렇게 연결하는 것은 의외로 당연하게 일어나는 일은 아닌지도 몰라. 오히려 그런 것쯤 없는 셈으로 여기며 지내는 것이 자연스럽다고 할 수 있는 정도인지도 몰라. 그러니까 기억해두지 않으면 안돼. 안 그러면 잊어먹게 되는 거야.

잊으면 괴물이 되는 거야.

해 질 무렵의 빛은 눈부시고, 감은 눈 속에서도 선명한 오렌지색이었습니다.

발이 떠오른다고 생각한 순간 누군가 외치는 목소리를 들었습니다. 강한 충격으로 모세씨의 손이 떨어져나가고 다리에 힘이 풀려 바닥에 주저앉았습니다. 손아귀에서 풀려난 뒤로도 기도가 묶인 듯해 숨을 쉬는 것이 곤란했습니다. 바닥에 엎드린 채로 기침을 하고 있는데 소라의 목소리가 들려왔습니다. 외치고 있었습니다. 나나야, 야 나나를, 가만두지 않겠다, 야 가만두지 않겠다, 내가, 가만히, 라고 귀신처럼 외치고 있었습니다. 그게 뭐야,라고 생각했습니다. 그게 무슨 말이야.

앞뒤가 하나도 안 맞잖아.

제대로 말해야지,라고 생각한 순간 울음이 터져나왔습니다.

분하게 생각하고 있습니다.

언니야,라고 불러버렸던 것입니다.

계속해보겠습니다.

墓基

전생을 믿어?
나는 믿지 않아.

전생에 한번은 폭사爆死했다.
믿지 않는데 그렇게 믿고 있어.

때때로 꿈을 꿔.
꿈을 꾼다기보다는 폭음을 듣고 꿈에서 깨어날 때가 있어. 폭음과
더불어 한토막으로 가볍게 공중을 날아 이윽고 바닥에 달라붙은
순간. 왼쪽 뺨이었을 것이다. 나는 아마도 그 한토막의 기억을 간직
한 채로 태어나 금생에도 그 순간을 잊지 못하고 반복해보는 것이

겠다. 그렇게 믿고 있어.

전생의 흔적을 금생에도 간직하고 있는 나는 끈질긴 사람.

끈질기고 집요한 사람.

끈질기고 집요하게 너를 기다리는 사람.

왼쪽 뺨이었을 것이다.

뺨이라기보다는 얼굴에 가깝다고 말하는 편이 더 적당한지도 모르겠다. 조각난 가면처럼 한쪽 귀와 한쪽 눈꺼풀과 한쪽 눈썹만으로 이루어진 왼쪽 얼굴. 공중으로 떠올랐을 때 그 얼굴은 꿈을 꾸는 것처럼 보였고 황홀해 보였다. 비참하게 한토막이었으나 감은 눈꺼풀 덕분에 평온하게 정지된 표정이었다. 그것은 나 자신이라기보다는 내 눈으로 목격한 누군가의 마지막 순간인지도 모르겠다.

아마도 그것은 너의 죽음이 아니었을까.

그렇다면 나는 나의 전생을 기억하는 사람이라기보다는 너의 전생을 기억하고 있는 사람.

너의 죽음을 목격한 사람.

금생에도 이토록 집요하고 끈질기게 내가 기다리고 있는 것은 결국 너의 죽음인지도 모르겠다.

최근엔 그렇게 생각할 때가 있다.

너를 본 지 너무 오래되었다.

이렇게 밤에 문득 눈을 뜨고 나면 떠오르는 것이 있다.

눈에 덮인 오두막.

계절과 상관없이 언제나 눈밭인 풍경이다.

내 어머니는 어릴 때 전쟁을 겪었다.

피난길에 가족을 잃고 마찬가지로 피난 중이던 친척을 따라다니다가 전쟁이 끝난 후 오지에 사는 할아버지에게 맡겨졌을 때가 일곱살이었다고 한다. 그녀의 할아버지는 사람들과 떨어져 산으로 겹겹이 둘러싸인 조그만 분지에서 살고 있었는데 그녀는 그의 오두막에서 서너해를 보냈다. 몇해를 보냈으므로 다른 기억도 있을 법한데 어째선지 겨울의 기억만 남아 있다고 어머니는 말하곤 했다. 그녀의 할아버지는 말이 없는 사람이었다. 일주일이고 보름이고 말 한마디 없는 겨울이 이어졌다고 그녀는 기억하고 있었다. 아침이고 저녁이고 방문을 열면 눈 덮인 풍경을 보았고 기온과 고도 때문인지 늘 귓속이 멍했다고 그녀는 말했다. 그녀의 할아버지는 새벽에 일어나서 나무를 땔 때 밥을 하고 솥에서 긁어낸 누룽지를 사발에 담아 그녀의 머리맡에 두었다. 눈을 뜨자마자 몸을 뒤집어보면 노란 누룽지를 담은 사발이 매일 머리맡에 있었고 그게 기뻤다고 어머니는 말하곤 했다. 사람의 희로애락마저 모조리 덮어버린 듯한 눈 속에서 유일하게 기쁜 일이었으므로 더 기뻤다는 것이다.

봄이 되자 어머니는 거기까지 그녀를 데리러 온 숙모에게 이끌려 도시에 있는 시장으로 나왔다. 숙모는 그녀에게 공부를 시켜주고 좋은 남자를 골라 시집도 보내주겠다는 약속을 한 모양이었으나 실제 어머니가 겪은 것은 책 한권 읽어볼 짬도 없이 집안일을 하며 숙모의 갓난아이를 돌보는 식모살이였다. 아이가 어느정도 자란 뒤로는 숙모의 가게에서 국밥 파는 일을 도왔다. 숙모는 지출을 줄이려고 사람을 고용하지 않고 세끼니와 머물 장소와 약간의 용돈으로 나의 어머니를 부리다가 당시로서는 상당히 늦은 나이인 이십대 중반이 되어서야 시장에서 알고 지낸 사람에게 신접살이용 이불 한채를 얹어 시집을 보내주었다고 한다. 가족끼리 사정을 봐주어야 한다는 말이 숙모의 입장에서는 꽤 유용하게 사용되었을 것이다. 어머니는 이 숙모와 여태도 연락을 주고받으며 좋지도 나쁘지도 않은 관계를 유지하고 있다. 어찌 됐든 숙모가 아니었다면 할아버지와 그 산골에서 살았을 것이고 그렇게 사는 삶밖에 다른 것은 몰랐을 거라고 어머니는 말했다.

하루는, 하고 시작되는 이야기를 그녀에게 이따금 듣는다.

시장에 할아버지가 나타난 적이 있었다.

숙모의 손에 잡혀 분지를 떠나온 이듬해인가 그다음 해의 일로 그가 방한복을 잔뜩 차려입은 촌로의 모습으로 국밥집을 찾아왔다고 한다. 조카를 빼앗아가려 왔다고 여긴 숙모는 국밥 한그릇 대접하지 않고 그를 모르는 척 내버려두었다. 사람 북적이는 장소를 고집스럽게 피해온 그가 무슨 이유로 그곳을 방문했는지는 몰라도 어머니는 그 일을 두고두고 안타깝게 여긴 듯 그 조그맣고 마른 노인이 마루 끝에 앉아 있다가 빈속으로 먼 길을 돌아갔다고 말하곤 했다.

그는 살던 곳에서 홀로 살다가 죽었다. 군사분계선 부근에 무덤이 있다. 평소엔 민간인 출입이 금지된 곳으로, 성묘를 하러 오르려면 출입 허가를 받고 총기를 소지한 군인과 동행해야 들어갈 수 있는 산비탈에 무언가를 기다리듯 북쪽을 바라보는 방향으로 놓여 있다. 가을이 되면 어머니는 어포와 과일 몇가지와 술을 조금 챙겨 그곳을 방문한다. 사람 발길이 닿지 않고 작은 짐승들만 오가는 곳이라 작년에 덤불을 잘라가며 낸 길이 올해는 감쪽같이 사라져 다시 방향을 가늠하고 길을 내며 올라야 하는 산비탈이다. 제사에 쓸 음식이 든 작은 꾸러미를 쥐고 햇빛도 들지 않는 비탈을 미끄러져가며 올라 마침내 묘를 만나면 순자 왔습니다, 할아버지,라고 어머니는 말한다. 멧돼지가 엄니를 비비고 발굽으로 파낸 흔적으로 움푹움푹 팬 무덤 경사면을 정리하며 나도 이제는 할머니라서 못 온다, 힘들어서 내년엔 못 온다고 무덤을 향해 매년 불평한다. 작년에도 다녀왔고 가지 말자는 말이 없었으니 올해도 갈 것이다. 최근 두어해는 어머니의 건강이 좋지 않아서 가지 말자고 말려보았는데 자신이 죽고 나면 아무도 찾지 않을 무덤이므로 살아 있는 동안엔 어떻게든 찾아가고 싶다는 것이 어머니의 대답이었다.

오두막은 지금쯤 흔적만 남았을 것이다.
나는 그 집을 본 적이 없다.
어머니는 사과와 배와 북어포를 올리고 무덤에 술을 뿌려 약식으로 제사를 지낸 뒤에는 거기까지 동행한 군인에게 몸을 좀 덥히라고 술을 나누어주었다. 근무 중이라며 끝내 받지 않는 군인도 있었으나 대개는 받았고 마찬가지로 대개의 경우는 구석진 곳에서 산아래쪽을 내려다보며 나누어 받은 음식을 먹고 술을 마셨다. 그가 먹고 마시는 동안 어머니와 나는 무덤을 등지고 앉은 채로 건너편 산을 바라보았다.

언제나 가을 산이었다. 나뭇가지에 달린 잎들은 바싹 마른 채로 바람에 흔들렸고 공기는 싸늘했다. 어머니는 몇겹으로 이어진 능선 너머를 바라보고 있다가 저기 어디쯤에 그 집이 있을 것이라고 말했다.

본 적이 없는데도 마치 본 것처럼 그 집에 관해 생각해볼 때가 있다. 어머니에게 들은 그대로 눈으로 덮인 풍경이다.

분지 바닥에 조그만 집이 있다.

들어간 사람의 자취도 나간 사람의 자취도 모조리 눈이 덮어버렸다. 눈뿐인 바닥은 흐린 하늘과 구분되지 않고 집 뒤쪽으로 흐릿하게 솟은 능선도 하늘이나 바닥과 구분되지 않아서, 이 집은 하얀 비단을 뚫고 나온 것처럼 보인다. 어머니의 할아버지, 나의 증조부가 살던 오두막이다. 그 집에 관해 생각해볼 때마다 나는 얼굴도 보지 못한 그가 여태도 그 집에 살고 있다고 생각한다. 밤이고 낮이고 그는 그의 검은 오두막에 불을 밝혀두었다.

기다리는 것이 있기 때문이라고 나는 생각하고 있다.

문득 손님이 끊기고 가게가 조용해질 때, 등받이 없는 의자에 앉은 채로 방금 손질한 양파 껍질이 쌓인 쓰레기통을 바라보고 있을 때, 햇볕으로 뜨거운 거리를 걷다가 갑자기 멈춰서서 뭐든 말하고 싶을 때, 무척 중요하게 여겨지는데 도대체 기억은 나지 않는 꿈을 기억해내려고 노력할 때, 말하자면 너를 본 지 너무 오래되었다고 느낄 때, 나는 이 집을 생각한다.

지붕에 쌓인 눈이 바람에 솟구쳐오른다.

그 광경을 생각하는 동안 나는 내 나이를 알 수 없게 되어버렸다.

나는 나기.

나기의 나는 나鑼, 가마솥이라는 글자. 나길에서 ㄹ의 탈락으로 나기가 되었다. ㄹ을 너무 아래쪽에 쓰는 바람에,라고 어머니는 말했다. 출생을 신고하러 간 쪽은 내 아버지였는데 만취한 상태에서 길을 기로 보았고 자전을 끌어당겨 첫번째로 등장하는 한자를 선택했다는 것이다. 나의 한자 역시 나,에 해당되는 페이지를 펼치고 아무 글자에나 손가락을 짚어 베껴썼을 것이다. 사정을 알게 된 내어머니는 분통을 터뜨렸으나 시장 일이 너무 바빠 이름을 고치러가지 못했고 나는 그대로 나기가 되었다. 이러나저러나 상관없다. 언젠가 학교 선생으로부터 네 부모는 자식에게 어째서 이런 이름을 붙여주었느냐는 질문을 받았을 때 그러면,이라고 생각하며 자전을 뒤져보았는데 나,라는 한자에는 어차피 좋은 뜻이라고 할 수 있을 만한 글자가 별로 없었다. 나는 나기. 이 정도로 만족하고 있다. 만취한 아버지가 센스를 발휘해 만든 이름이라고 생각하면 그

168

정도로도 괜찮다. 무쇠로 만든 그릇.

나기의 나는 니鑼, 가마솥이라는 글자.

기基라는 것은 아마도 그것을 세는 단위일 것이다. 별다른 의미가 없다. 그 정도 의미로도 충분하다고, 나는 생각하고 있다.

*

밤에 바닥이 흔들렸다.

무겁고 느리게 몸을 잡아당기는 힘에 어지럼을 느끼며 잠에서 깼다. 지진이다. 잠의 연장인 것처럼 아득하게 생각했다. 이 집에서 멀지 않은 곳에 지하철 노선이 있었으나 지하철은 이미 끊긴 시각이었다. 늦은 밤 지하의 선로를 오가는 빈 전차가 없으리라는 법은 없지만 진원은 그보다 깊은 지점에 있었다.

서서히 잠에서 깼다. 아직 어두웠다. 나나는 잠들었다. 소라도 잠들었고 어머니도 잠들었다. 그녀들의 숨소리가 들려왔다. 낮의 더위가 고스란히 남은 밤. 삶은 숙주와 돼지고기와 밀가루 반죽이 쉬는 냄새가 났다. 올해도 엄청난 양으로 만두를 만들었지. 냉장고에 다 들어가지 않아 쟁반을 모조리 동원해 거실에 늘어놓았는데 날이 밝을 무렵에는 그중에 절반가량을 버려야 할지도 모르겠다. 어머니는 속상할 것이다. 이게 다 먹을 건데, 먹을 사람이 더 많았더라면 버리는 것 없이 이걸 다 먹었을 건데,라고 아쉬워할 것이다. 음식물쓰레기를 담는 그릇에 만두가 수북하게 쌓이겠지. 먹을 사람도 별로 없으니 올해는 적당한 양으로 만들자고 권해도 매년 사정은 이렇다. 어쩌면 어머니는 그것을 내게 보여주려고 매년 엄청난 양으로 음식을 만드는지도 모르겠다. 네가 가족을 늘려주지 않아서, 이렇게나 남아버린다,라는 은근한 원망으로.

내 어머니의 소망은 할머니가 되는 것.

가족을 잃고 쓸쓸하게 자란 그녀는 손주가 많은 시끌벅적한 집을 소망하지만 나는 그 소망을 이뤄줄 수 없다. 얼마 전까지만 해도 그녀는 내게 만나는 여자도 없느냐고 타박하듯 물어왔는데 요즘은 별로 그러지 않는다. 며느리는 바라지도 않을 테니 어딘가에서 아기라도 만들어 데려오라고 말하곤 했는데 이제는 그런 말조차 꺼내지 않는다. 벌써 단념했는지도 모르고 아직 단념하지 않으므로 일부러 말하지 않는지도 모르겠다. 아무래도 후자로, 일말의 소망 정도는 남겨두었을 것이다. 그녀가 그 정도의 소망을 이루지 못하고 늙어가는 것이 서글프다.

기름병과 소금단지와 고무줄로 묶인 밀가루 봉지가 놓인 식탁을 더듬어 어머니의 담뱃갑을 찾아냈다. 한개비를 빌려 현관을 나서고 보니 바깥이 실내보다 밝았다. 곧 해가 뜰 것이다. 담배에 불을 붙이고 골목 아래쪽을 내려다보았다. 집 앞 길바닥에 달걀 깨진 흔적이 남아 있다. 소라와 나나와 모세라는 남자가 한데 엉겨 싸운 자리다. 달걀 껍데기는 말끔하게 사라졌다. 길에서 사는 고양이가 핥아 먹었겠지. 나는 어제 처음으로 모세라는 남자를 보았다. 소란스러워 나가보았더니 소라와 나나와 그 남자가 기묘하게 얽혀 있었다. 말 그대로 그들을 뜯어말렸다. 나나보다도 소라가 흥분해 날뛰었다. 뭐라는지 잘 알아들을 수 없는 소리를 지르며 용수철처럼 남자를 향해 달려들고 달려들었다. 말리느라고 그 몸을 잡았던 손이 아직도 얼얼하다. 나나의 모세씨, 그는 몹시 땀을 흘리고 있었다. 입고 있는 셔츠에도 구두에도 땀이 잔뜩 배어 있었다. 나나가 가라고 말하자 갔으나 그는 단념하지 않을 것이다. 나는 그것을 알아보았다. 단념하지 않을 것이다. 뭐라고 묘사할 수 없도록 일그러져 있던 그의 얼굴을 떠올리며 담배를 빨아들인다. 낯선 얼굴이 전혀 낯설지 않아 그가 싫다. 그가 가엾다. 안쓰럽다. 역시 싫다. 오래전에 아문 자리가 저릿하게 당겨온다. 이 없는 자리가. 연기를 삼키자 기도가 순식간에 말라버린다. 나는 이것을 아주 가끔 피운다.

아주 가끔으로 정해두고 있다. 음식을 만드는 사람이라서 삼가는 것은 아니고 혀가 둔해져 조리에 영향이 있을 것을 걱정한다거나 담뱃진이 밴 손가락으로 식재료를 만지는 걸 꺼리는 것도 아니다.

이것은 너의 냄새.

너의 냄새로 남아 있어야 하는 것이다.

너무 자주 피우면 내 냄새가 되어버리지.

피우는 의미가 사라져.

허공으로 길게 풀어져 사라질 때까지 담배 연기를 바라본다. 사과 냄새가 난다.

이것은 너의 냄새.

너는 작았지. 머리카락이 가늘고 입술이 붉었지. 건방졌지. 난폭했고, 조용했지. 폭발하듯 갑자기 웃을 때가 있었는데 아무도 네가 왜 웃는지를 몰랐다. 네가 그렇게 웃을 때, 매번은 아니고 이따금 나는 정신이 나갈 것 같았지. 약간 벌어진 두 눈은 미묘하게 다른 방향을 바라보고 있었고 아주 노란색이었지. 사람을 납득하게 만드는 눈이었지. 가장 온순할 때도 가장 난폭할 때도 이런 눈을 한 사람이니 그럴 법하다고 여기게 만드는, 이상한 눈. 실은 모르겠다. 나는 너를 때리고 싶었나. 만지고 싶었나. 너의 목을 조르고 싶었나. 만지고 싶었나. 나는 너를 기다린다. 너의 소식을 기다린다. 그런데 어느 쪽인가. 네가 살아 있다는 것을 알리는 소식, 네가 죽었다는 소식. 기다리는 것은 어느 쪽의 소식인가. 최근엔 너의 죽음을 기다리고 있는지도 모르겠다고 생각할 때가 적지 않다. 너를 기다리는지 너의 죽음을 기다리는지 알 수 없는 상태가 되어버렸다.

이제는 모르게 되어버렸어.

그 정도로 오래되었다.

너를 본 지 너무 오래되었다.

오늘밤 나를 흔들어 깨운 지진은 어쩌면 너도 깨웠는지 모르겠다. 너도 그것을 느꼈는지도 모르겠다. 지표보다 더 깊고, 더 내밀한 곳에서 발생한 이 파동은 바다를 건너 네가 있는 곳에 당도했을지도 모르겠다. 혹은 네가 있는 곳에서 건너온 것인지도 모르지. 이 밤이 진동한 것은 어쩌면 네가 있는 곳이 진동했기 때문인지도 몰라. 너는 어디 있나. 여태 그곳에 있나. 수년 전 내가 머물던 도시, 일상적으로 지진이 경고되던 땅. 아직 그곳에 있을까. 그곳이 이 밤, 흔들렸을까.

여기까지 당도할 정도라면 꽤 흔들렸을 것이다. 사람들은 천둥처럼 허공을 울리는 소리를 들었겠지. 천장에 달린 조명이 출렁거리고 선반에 얹힌 물건들이 바닥으로 쏟아졌을 것이다. 벌써 수년 전부터 몇백년 주기로 닥친다는 대지진이 임박했다는 예측들이 있었으므로 그곳 사람들은 놀랐을 것이다. 여진이 이어지는 동안엔 대지진의 전조가 아닐까 두려워했을 것이다. 그러나 이윽고 침착하게 일상으로, 별다른 수가 없다는 듯 돌아갔을 것이다.

그 작은 방은 어떻게 되었을까.

불이 없는 방.

찌꺼기가 끼고 얼룩이 번져 시큼하게 썩어가는 다다미가 깔린 방이었다. 그런 방이 종으로는 둘, 횡으로는 열여섯개가 있는 목조 건물이었다. 그곳을 관리하는 여자는 말할 때마다 목에서 가래 끓는 소리를 내는 아주머니였는데 그녀는 그 나라 말을 할 줄 모르는 자신의 세입자들을 경계했다. 중국, 한국, 인도네시아. 세입자의 다수를 구성하는 이 외국인들이 불을 낼지도 모른다는 이유로 그녀는 실내에서 음식을 해 먹는 것을 금지했다. 그녀는 기회가 있을 때마다 문밖을 서성이거나 창을 두드려 안부를 묻는 척하며 방에서 화기를 사용하는지 감시했다. 형광등과 난방시설이 없었으므로 여름엔 조그만 등을 켜고 살았고 겨울엔 전기난로의 불빛으로 조명을 겸했다. 겨울도 여름도 혹독하던 방이었다. 그 나라에 머무는 동안 나는 그와 비슷한 조건의 방을 몇군데 거쳤으나 그 방은 특별했다. 특별하게 혹독했기 때문이 아니고 네가 그 방을 방문했기 때문이다. 너는 그 방에서 보름을 머물렀다.

열네살 때 나는 너를 만났다. 나보다 몸이 작았고 아이들 사이에서 말도 행동도 별다르게 튀는 일이 없는 소년이던 너는 자주 멍든 채로 등교하는 동급생이었다.

너의 부모는 둘 다 교육자로 아버지는 사립 고등학교에서 영어를 가르쳤고 어머니는 초등학교 교사였다. 너는 네 어머니가 선생으로 있는 초등학교를 다녔다. 육년 내내 너의 담임은 그녀의 동료였다. 오랫동안 너는 네 자신이라기보다는 선생의 자식이었다. 네가 다니는 학교에서 그것을 모르는 사람은 드물었고 네가 인근의 중학교로 진학한 뒤에도 그것을 모르는 사람은 드물었다. 너를 아는 사람이라면 너의 부모를 알았고 그런 이유로 너는 항상 이상하게 고요한 주목을 받았다. 평소에는 있는 듯 없는 듯 지내다가도 네가 무슨 말이나 행동을 할 때 저 녀석의 엄마가 선생이었지, 아버지가 선생이었어, 하고 새삼스럽게 주목을 받게 되는 패턴이었다.

나는 네가 백 미터를 달릴 때 속도를 조절하는 것을 눈치챈 적이 있다.

너는 튀는 일이 없도록 조심하는 것 같았다. 어떻게든 조용히 무리에 섞여 있으려고 노력하는 것 같았고 공부나 운동을 잘하려고 하지 않았으며 못하려고 하지도 않았다. 한번은 국어 선생이 수업 중에 농담을 하다가 치약을 영어로 뭐라고 하는지 아느냐고 물은 적이 있었다. 대부분의 아이들이 중학교에 진학하고서야 영문법을 접하고 영어를 배우던 시절이었다. 무심결인 듯 toothpaste라고 대답하는 목소리가 들려왔고 내가 그 공허하고 퉁명스러운 발음에 놀라 돌아보았듯 다른 동급생들도 너를 돌아보았다. 너는 당황한 듯 고개를 숙인 뒤 다시는 그와 같은 일을 반복하지 않았다.

너의 아버지는 자상하지 않은 선생이었다. 그가 학생들을 가르치는 방식 이상으로 자식을 사납게 교육한다는 소문이 있었다. 소문을 증명하듯 너는 잊을 만하면 턱, 눈언저리, 팔뚝, 귓바퀴 같은 곳에 멍이 든 채로 학교에 나타나고는 했다.

학기 초의 짧은 겨울이 끝날 무렵이었다. 매주 월요일이 되면 복잡한 방식으로 자리를 바꿔 앉게 되어 있는 교실에서 너와 내가 앞뒤로 앉을 차례였다. 너는 필기를 하고 있었고 나는 한쪽 손으로 턱을 괴고 앉아 있었다. 생물 과목을 담당하는 선생이 커다란 벼꽃을 그린 종이를 칠판에 붙여두고 벼의 수분受粉에 관해 설명하고 있었다. 풍매화. 바람에 실려 날아다니는 화분. 꿀도 향도 없이 가볍고 담백하게 바람을 타고 이루어지는 가루받이.

너의 목이 보라색이었다.

왼쪽 귀 뒤에서 맨드라미 모양으로 번져나간 보라색 멍이 목덜미에서 옷깃 속으로 이어져 있었다.

이 녀석 또 멍들었네.

그렇게 생각하며 멍하게 그것을 보고 있을 때 네가 왼손으로 목을 긁었다. 손톱으로 천천히 목을 긁고 방금 긁은 피부를 손으로 덮었다. 약지와 소지를 제외한 나머지 손가락들이 접힌 옷깃 속으로 들어가 있었다. 그 멍은 어디까지 이어졌을까. 멍과 살갗의 대비가 또렷했고 가느다란 약지가 그 경계를 더듬듯 누르고 있었다. 나는 그것을 보고 있다가 얼굴을 붉혔다. 예쁘다고 느꼈고 외설적이라고 느꼈다. 당시엔 외설이라는 어휘도 몰랐으므로 뭐라 표현할 말이 없어 다짜고짜 안타까웠다. 옷깃 속으로 숨어들어간 멍을 마저 보고 싶었고 그 등에 손바닥을 대보고 싶었다.

나는 궁금했다.
너의 등은 어떤 모양을 하고 있을까.
어떤 감촉일까 부드러울까.
다른 곳은 어떨까.
거칠까.
뜨거울까 미지근할까.
보고 싶고 만져보고 싶다고 말한다면 너는 어떤 얼굴을 할까.
내가 너에게 얼마나 가깝게 다가설 수 있을까.
이만큼이라면 괜찮을까. 이만큼?
이만큼 더?
네 정수리는 어째서 그런 모양일까. 귀는 왜 이렇게 되어 있을까.
이걸 만져봐도 좋을까. 만져도 좋을까. 네가 만지는 것처럼 너의 목을. 목을 만지는 버릇, 너는 그것을 알까. 그게 얼마나 안타깝고 가련해 보이는지를 알고 있을까. 그밖에 너의 버릇들, 말하기 전에 허공을 바라보는 버릇, 양쪽 팔을 책상에 올리고도 한쪽 팔꿈치에만 체중을 싣는 버릇, 책을 읽을 때 책장 모서리를 만지는 버릇 같은 것을 너는 알까. 그걸 전부 알고 있을까. 네가 그렇게 한다는 것을 나는 너에게 말하고 싶었다. 너는 왜 그렇게 할까. 왜 이렇게 할까. 묻고 싶었고 듣고 싶었다.

어떻게 시작했더라.

내가 너에게 무언가를 물었다.

너는 아니라고 대답했다.

내가 한번 더 묻자 너는 조금 뒤에 그래,라고 대답했다.

너는 내 쪽으로 돌아앉아 말하기 시작했고 내색할 수는 없었지만 나는 그게 기쁘고 벅찼다. 너는 너의 아버지에 관해 말했다. 네 아버지가 네게 엘리트 계급이 되어야 한다고 말한다는 것을 내게 말해주었다. 남자의 인생이라면 판사나 검사나 의사가 되어야지. 그렇게 되려면 벌써부터 싹을 보여야 하는데 그가 보기에 너는 틀렸다는 이야기였다. 근성부터 이미 틀렸으므로 너는 평생 보잘것없는 인생을 살아갈 것이다. 너는 퉁명스럽고 복잡해 보이는 얼굴로 네 아버지의 말을 그대로 옮긴 뒤 나의 아버지는 어떠냐고 물었다. 내 아버지가 내게 어떻게 하느냐는 질문이었다. 내 아버지가 죽은 것을 알고 난 뒤에는 그가 어떻게 죽었는지를 물었다.

어떻게 죽었느냐고?

나는 아버지에 관해 아는 것이 많지 않았다. 술을 먹지 않은 순간엔 소심하고 술을 먹은 순간엔 용감무쌍해지는 사람이었다는 것밖에는 아는 것이 없었다. 나는 내가 전해들은 이야기를 너에게 들려주었다. 나의 아버지는 한겨울에 시장에서 심장마비로 쓰러졌다. 사과궤짝을 실은 지게를 등에 진 채였다. 사과는 사방으로 굴렀고 톱밥 무더기가 한동안 그의 머리를 뒤덮고 있었다. 시장 상인들은 궤짝에 눌린 그의 목이 어떤 상태인지 몰랐기 때문에 다른 것은 건드리지 못하고 궤짝만 치워두었다. 나중에 그를 앰뷸런스에 옮기고 보니 그의 몸 아래 눌렸던 사과가 놀랍게도 따뜻하더라고, 그 인생이 참 안됐다는 생각이 들더라고, 장례식장에 찾아온 시장 상인이 내 어머니를 붙들고 들려준 이야기를 네게 들려주었다.

네가 특별히 흥미롭게 여긴 부분은 내 아버지가 만취해 시장에서 사람들을 괴롭혔다는 사실과 그랬던 그가 문득 넘어져 죽고 이제 없다는 대목이었다. 어디까지나 흥미와 복수심으로 너는 그 이야기를 듣고자 했다. 나는 그걸 알고 있었다. 네가 그 이야기를 들으며 어느 대목을 가장 만족스럽게 듣는지를 다 알고 있었고 그걸 섬뜩하다고 느끼면서도 네가 그 눈으로 나를 똑바로 바라보는 것이 황홀해 그 이야기를 하고 또 했다. 내 아버지의 죽음은 그렇게 인과가 되었다. 그는 벌을 받은 것이다. 술이나 마셔가며 주변 사람들에게 패악을 떤 결과로 그는 그렇게 하찮게 죽은 것이다. 내가 시작한 이야기인지 네가 시작한 이야기인지도 모르게 너와 나는 그런 이야기를 주고받으며 그의 인생을 멋대로 완결 지었다. 차라리 사실이 그렇다고 믿어버리고 싶을 정도로 신랄한 이야기였다. 혼자가 되어 그 이야기를 돌이키게 되는 순간엔 부끄러웠다. 내 아버지가 죽은 자리에서 종일 일하고 돌아온 어머니의 고단한 얼굴을 보게 되는 밤엔 더욱 죄책감에 시달렸다. 그러나 그다음에도 네가 요구하면 나는 그 이야기를 했다. 기꺼이 그것을 했다.

무엇이든 어느 때든.

네가 원하면 나는 그렇게 할 준비가 되어 있었다.

여름이 지나면서 너는 더욱 신랄해졌다. 너는 무리에 섞였고 무리의 취향대로 만만한 상대를 골라 먹어치우는 일에 동참했다. 그런 일을 재미 삼는 무리였다. 타깃을 정해 비굴하게 웃어가며 펜을 빌리고 노트를 빌린 다음엔 수업 교재를 빌리고 자리를 빌리고 운동화를 빌리고 교복을 빌렸다. 순차적으로 빌리고 빌려서 피해자가 도저히 빌려줄 수 없는 것까지 빌려가며 결국엔 그가 지닌 모든 것을 재미로 요구했다. 그것을 빌려달라. 한번만 빌려달라. 한번이면 되는데? 딱 한번. 빌린 것들은 망가뜨린 뒤에야 내던지듯 돌려주었다. 먹잇감이 된 피해자가 수업 시간에 말할 차례라도 되면 책상을 두들기며 과도하게 웃었다. 모든 게 장난이었다. 장난이라서 당하는 입장에서는 정색도 하지 못하고 붕괴에 이르고 마는 장난.

너는 모두가 들으라는 듯 네 아버지를 그 새끼라고 부르기 시작했다. 그 새끼는 별것 아닌 새끼가 되고 별것 아닌 새끼는 병신 같은

새끼가 되었다. 병신 같은 새끼가 맨날 때리지 아주 죽었음 좋겠다
그 새끼 씨발새끼 씨발년도. 너는 술을 마신 채로 학교에 나타나거
나 술병을 가방에 넣어서 가져왔다. 술을 마시면 얼굴이 붉어지니
열이 올라 아프다고 말하기에 그럴듯한 상태가 되는 것을 편리하
게 여기는 듯했다. 그런 날에 너는 이마와 귀가 빨개진 채로 조례
시간 내내 엎드려 있다가 오후 수업이 시작되기 전에 조퇴했다. 별
다른 마찰 없이 교문을 통과하려면 선생의 서명이 적힌 허가증이
필요했는데 너는 나를 담임에게 보내 네 상태를 설명하고 대신 받
아오도록 했다. 나는 그렇게 했다. 나는 너를 줄곧 지켜보았고 네가
나를 돌아보고 무언가를 요구하면 바로 그것을 내주었다.

변태.

그 무리의 개새끼들은 나를 그렇게 불렀다. 야, 변태. 이따금 그들
은 학교 뒤편 소각장으로 나를 끌고 갔다. 넌 맨날 뭘 그렇게 쳐다
보냐.

재밌냐.

재밌냐 우리가.

더 재밌어볼래?

백 미터 트랙처럼 생긴 좁다란 길을 질질 끌려갔다. 빈약한 은행나
무들이 서 있었고 검푸른 이끼로 덮인 담장이 내내 이어지는 응달
이었다. 그 길 끝에 시멘트 벽돌을 쌓아 만든 천장 없는 공간이 있
었다. 쓰레기 소각이 금지된 후 버려진 소각장이었다. 그을린 벽
안쪽엔 매년 나뭇가지에서 떨어진 은행잎이 수북하게 쌓여 있었

고 수년 전에 마지막으로 태우고 남은 플라스틱과 목재 잔해들이 널려 있었다. 소각장으로서의 수명은 벌써 끝났는데도 사방의 벽은 설탕을 태운 듯한 냄새를 풍겼고 바닥엔 재가 고여 있었다. 나는 거기서 무릎을 꿇었고 양손을 짚었고 옆으로 넘어진 채 침을 흘리고 위액을 토했다. 꿇려서 무릎을 꿇고 굴리는 대로 바닥을 굴렀다. 그 개새끼들은 내킬 때 내키는 방향으로 아무렇게나 주먹과 발을 쿡쿡 찔러넣으면서 자신들에게 얻어맞고 있는 내 몸을 혐오했다. 자신들에게 맞고 있는 몸이기 때문에 혐오했을 것이고 때릴수록 맞고 있는 그 몸에 관한 혐오는 불어나 더욱 때렸을 것이다. 맞아도 맞아도 상황은 끝나지 않을 것처럼 여겨졌다.

너는 개입하지 않았다. 보태지도 않고 말리지도 않았다. 너는 삼분의 일쯤 타다 남은 소파에 앉아 잡지를 읽었다. 나는 너를 보았다. 맞아가면서도 언제나 보는 것처럼 너를 보았다. 이런 순간에도 나를 바라보지 않는 너를 열망하고 원망했다.

이상하다고 생각했다.

왜 네가 아닌 이 새끼들에게 맞고 있을까.
너여야지.
나를 망가뜨리는 것은 너여야지.
너밖에 없으니까.
네가 해야지.

네 앞에 서자 너는 고개를 들어 나를 보았다. 짓이겨진 낙엽과 재와 흙으로 범벅이 된 나와는 완전하게 무관한 것처럼 희고 말쑥한 얼굴이었다. 부어터진 입술 틈으로 끊임없이 피가 흘러들었다. 짜고 쓰라렸다. 이 고통은 너에게 아무런 의미가 없었다. 네게 아무런 의미도 되지 않는 고통 같은 걸 당하고 있는 나를 나는 용서할 수 없었다. 화가 치밀었다. 부당하다고 생각했다. 뭐가 부당하냐면…… 뭔지도 모르게, 끔찍하게 부당했다. 무릎 뒤쪽을 가격당해 바닥을 뒹굴고도 나는 즉시 일어났다. 낚아채는 것처럼 네 팔을 붙들자 너는 나를 바라보았다. 그 노란 눈으로.

어처구니가 없다는 듯 너는 웃었다.
나는 머리를 맞고 쓰러졌다.

*

있잖아, 하고 나나는 말한다.
이기적인가 나는.

이기적인가. 모세씨가 나더러 그랬어. 이기적인 사람이래. 아이가 받을 사회적인 대미지라나 그런 걸 왜 생각해보지 않느냐고 했는데 나는 정말 그런 걸 덜 생각하고 있는지도 모르겠어. 남들이 뭐라고 말하든 자신 있다고 생각했는데 실은 생각을 덜 했으므로 자신 있다고 생각하는 것인지도 모르겠어. 내가 무언가를 각오했다는 이유로 아기까지 무언가를 각오해야 하는 상황이 되어버리는 것은 아닐까. 이러쿵저러쿵, 세계라는 것이 있으니까. 아니 도대체 세계라는 것도 원점에서 다시 생각하지 않으면 안되잖아. 세계는 어때? 괜찮아? 아기를 낳아도 괜찮아,라고 생각할 수 있을 만큼은 괜찮아? 나를 왜 태어나게 했어, 아기가 그렇게 말하면 어떡하지? 저기, 인간의 수명은 보통 팔십년이잖아. 그런데 내내 불행할 뿐이라면 어쩌지? 나 때문에 태어난 아기가, 삼십년이고 사십년이고 불행할 뿐이라면 어떡하지? 괜히 태어났어,라고 생각한다면? 생각하고 생각해도 생각할 것이 남아 있는 것 같아. 그래서 더 생각하고 싶은데, 그런데 생각을 더 하다보면 이렇게 더 생각하는 것이 좋은가, 정말 좋은가, 그런 생각까지 하게 돼. 있잖아, 모두들 어떻게 하는 걸까. 모두들 어떻게 아기를 만들어? 어떻게 아기를 낳아? 모두 이런 걸 부지런히 생각하며 아기를 만드는 거야? 실은 모두들 부지런하게 이런 걸 고민한 결과로 아기를 낳고 살 결심을 하는 거야?

자그자그자그.
나나는 아기의 심장이 그렇게 움직인다고 말한다.
듣는다기보다는 척추 끝부분에서 가쁘게 움직이는 근육을 감각한다는 것이다.
자그자그자그.
그 말을 들은 뒤로 그 조그만 덩어리에 관해 생각해보는 일이 늘어났다. 자그자그자그자그자그. 나나가 하는 것처럼 속삭이듯 입으로 소리를 내보는 일이 생겼다. 나나는 요즘 부쩍 초췌한 모습으로 삶을 방문하는 날이 늘었다. 이것저것 어려운 것을 묻지만 내게는 답이 없다. 그저 듣고 난처해 웃을 뿐이다. 뭐라고 할 수 있을까 내가. 나는 너를 기다리고 있는 것 아닌가? 기다리고 있을 뿐 아닌가? 그런데 무엇을 기다려…… 내가 기다리는 것은…… 어쨌거나 네가 살아 있다는 소식, 네가 이미 죽었다는 소식. 세계의 끝, 같은 것. 너를 기다리는지 너의 죽음을 기다리는지 알 수 없는 상태가 되어버려서, 너의 죽음을 생각할 때 나는 나의 죽음을, 예컨대 세계의 끝이라는 것을 생각하고는 하는데 세계가 괜찮은 것이냐는 질문에 어떻게 대답을 할까.

괜찮아?

나나는 자문하듯 묻지만 내게도 답은 없다.

나는 태어나길 잘했나.

자그자그.

자그자그자그.

몸으로 그것을 감각하게 된다는 것은 어떤 일일까. 내 어머니도 그것을 겪었겠지. 자그자그 하고, 공명했겠지. 그것의 결과가 나鑠. 엉뚱하게도 솥, 하고 생각하면 웃음이 터진다. 한참을 웃고 나면 눈에 눈물이 고이고 쓸쓸해져. 나는 나기. 어머니는 나를 낳고 어땠나. 나는 태어나길 잘했나.

나는 여성으로서의 어머니를 몰라. 노동하는 그녀를 안다. 거리에서 변변한 바람막이도 없이 새까만 얼굴로 장사하던 그녀. 남자들에게도 지지 않을 정도의 목소리로 시장에서 호객하고 다투던 그녀. 매일밤 언어맞은 것처럼 잠들던 그녀. 다시는 깨어나지 않을 것처럼 잠들었다가도 새벽이면 목에 수건을 두르고 집을 나서던 그녀. 열개의 손가락이 모두 곱은 그녀. 어머니의 여성은 진작 중단되어버렸다. 내가 모르고 있을 뿐, 어쩌면 어머니가 썩 괜찮은 섹스를 경험하기도 하며 살았을 거라고 생각하는 것은 신난다. 차라리 그쪽이 좋다. 어머니는 장사를 접은 뒤에도 집에 머무는 것이 익숙하지 않다며 이런저런 일을 해왔다. 최근엔 역 근처에 있는 오피스텔 빌딩으로 청소를 하러 다니는데 거기서 입는 파란 유니폼을 무척 좋아해서 출근할 때부터 아예 입고 나선다. 그런 것을 마음에 들어하는 것이 안쓰러워서, 이제는 그만 일을 쉴 때가 되지 않았느냐고 물어도 지금 하는 일은 예전 일에 비해 조금도 어렵지 않고 편해서 좋다고 대답한다. 겨울엔 따뜻하고 여름엔 시원해서 아주 좋다는 것이었다.

오늘 샀에는 모세라는 남자가 다녀갔다.
열빙어를 뒤적거리며 혼자 맥주를 마시던 남자가 계산을 마치고 나간 뒤로 손님이 들지 않았다. 이만 마무리해야겠다고 생각할 무렵이었다. 미닫이문이 열리고 한 남자가 조용히 가게 안으로 들어왔다. 모세, 나나의 모세씨. 그는 가게 안에 손님이 없는 순간을 기다리기라도 한 듯 반듯하게 서서 이쪽을 보고 있었다. 일전에 보았을 때보다는 차분한 모습이었지만 전보다 피로해 보였다. 그는 검은색 서류가방을 탁자에 올리고 자리에 앉았다. 나는 도마를 마른 행주로 닦아내고 그가 말하기를 기다렸다.

나나씨가 이따금 여기 들르지요?

그는 계속 말했다. 나나씨가 자주 당신을 만나러 여기 들르는 것을 보았습니다. 나나씨는 요즘 나하고 말하려 하지 않습니다. 뭐가 문제인지 모르겠습니다. 나는 이렇게 간절한데 나나씨는 냉담합니다. 회사에서도 다가갈 수가 없어요. 그날 이후로 저는…… 그는 탁자 모서리를 물끄러미 바라보다가 다시 나를 향해 물었다. 당신은 나나씨를 사랑합니까.

사랑?

나나씨가 당신을 사랑합니까.

나는 조금 생각을 해보고 사랑,이라고 대답했다. 나나는 나를 사랑하고 나도 나나를 사랑하지. 그렇지만 당신이 생각하는 사랑하고는 조금 다른 것 같아. 그렇게 말하자 그 남자는 나를 빤히 바라보며 물었다.

그것은 어떤 사랑입니까.

이상한 방식으로 사람을 보는 사람이었다. 이쪽을 보고 있는데도 보고 있는지 의심이 들어 그 눈을 자꾸 보게 되는 사람. 나나는 이런 사람과 어떤 장소에서 어떤 대화를 나눴을까. 그는 천천히 고개를 기울이고 말했다. 남녀 사이에 이성 간의 사랑이 아닌 사랑은 없습니다.

지금 그렇지 않더라도, 나중에라도 남녀 사이는…… 당연하지 않습니까.

아저씨.

………

아저씨.

………

당신이 상상할 수 없다고 세상에 없는 것으로 만들지는 말아줘.

예컨대 이런 집이 있어.

상상하기가 어려운 집. 당신 같은 사람은 도저히 상상할 수 없다고 말하는 집.

상상할 수 없으므로 없다고 생각하기가 쉬운 집.

이 집에 관해 제대로 말해보려면 말보다도 그림이 필요할지도 모르겠다. 그런 집이었어. 벽을 사이에 둔 둘이자 하나의 공간. 활짝 펼쳐진 나비 날개처럼 혹은 어두운 데칼코마니처럼 좌우로 나뉘었으나 바라보는 방향에 따라 좌우가 뒤바뀌는 각각의 반지하. 완전한 지하가 아닌데도 현관 근처나 밝을 뿐 한낮에도 불을 켜두어야 사물을 제대로 분간할 수 있는 이 어두운 집에서 나는 말없이 이것저것을 상상하며 조용한 어린 시절을 보냈다.

어머니와 내가 그 집에서 사는 동안 벽 건너편엔 이사가 잦았다. 사는 사람이 자주 바뀌었고 한동안 혹은 오랫동안 비어 있기도 했다. 그쪽으로 이사 들어온 사람은 종일 집을 비우거나 집에 머물렀다. 어느 쪽이든 말이 별로 없었고 현관에서 마주쳐도 사람을 보았다는 기색이 없었다. 어머니는 그 사람들이 화장실을 남의 것으로 여기고 지저분하게 사용한다며 불평하고는 했다. 나는 그 집에서 소라를 만났고 나나를 만났고 그녀들의 어머니인 애자 아주머니를 알게 되었다.

애자 아주머니에 관한 내 어머니의 생각은 어머니가 이따금 만들곤 하는 조각보처럼 다양한 감정으로 이루어져 있는 듯하다. 어미로서는 몹쓸 지경이지만 사람으로서는 안됐다. 사람으로서는 안됐으나 어미로서는 몹쓸 지경이다. 이렇게 전혀 다른 감정으로 뒤집히곤 하는 두가지 경우로 요약해볼 수 있지 않을까. 애자 아주머니는 소라와 나나가 어릴 적엔 내 어머니를 따라 시장에 나가보거나 목욕탕에 가거나 별다른 말은 없어도 둘러앉은 자리에 함께 있고는 했는데 세월이 흐를수록 사람과 관계를 거절하고 점차, 그리고 조용히 망가져갔다. 망가져갔다는 말은 그녀의 지금 상태를 표현하는 말로 적합하지 않은지도 모르겠다. 그보다는 완성되었다거나 완전해졌다고 하는 것이 적합할까. 오랜 세월 동안 점차로 그리고 조용히 그녀는 자신의 고통을 완성하고 완전해졌다. 껍데기처럼 그것을 그녀는 뒤집어썼다. 그녀에 관해 언제고 다시 이야기할 기회가 있을까. 사실을 말하자면 처음에 나는 그녀에게도 그녀의 딸들에게도 별 관심을 두지 않았다. 어느날 문득 나타난 것처럼 조만간 벽 건너편에서 문득 사라질 것이고 그 넓고 기묘한 공간에 언제나처럼 나는 혼자 남겨질 것이라고 생각했기 때문이다. 그녀들은 공동으로 사용하는 화장실 앞에서 불편해하거나 불쾌해하거나 무뚝뚝한 표정으로 스쳐가고는 한 사람들과 다를 바가 없었다.

도깨비.

나는 그들을 그렇게 여겼다.

말 한마디 없이 발소리를 내며 걸어다니다가 어느날 문득 반대쪽 공간을 비우고 사라지는 사람들. 벽 저편의 이웃들.

한밤에 홀로 잠에서 깰 때가 있었는데 그럴 때 나는 내 방을 빠져나온 뒤 어머니의 방 앞을 지나 벽 반대편으로 건너가곤 했다. 어느 계절이든 자는 동안 배어나온 땀으로 등이 약간은 젖어 있었다. 그 땀이 다 마를 때까지 반대쪽 벽에 등을 대고 서 있다가 내 잠자리로 돌아왔다. 그렇게 하는 것이 즐거웠다거나 모험을 해보고자 했던 것은 아니었다. 벽 건너편은 비어 있을 때도 있었고 그렇지 않을 때도 있었다. 어느 경우든 약간은 무서웠다. 그 때문이었는지도 모르겠다. 나는 어쩌면 확인이 필요했는지도 모르겠다. 누군가 있든 없든 벽 건너편의 적막과 어둠이 실은 무서웠고 그 때문에 그것을 봐둘 필요가 있다고 생각했는지도 모르겠다. 내버려두면 더 무서워지니까. 무섭다고 생각할수록 그것은 더욱 무서워져서 어머니와 내가 잠든 공간으로까지 꾸역꾸역 넘어올지도 몰랐으니까. 소라와 나나와 애자 아주머니가 들어온 뒤로도 그런 밤은 몇차례 있었다.

소라와 나나에게는 짐이 거의 없었다.

그들이 워낙 기척 없이 그 집에 들어왔으므로 어느날이고 사라질 때도 그와 같을 것이라고 나는 생각했다. 그러나 이 자매는 여태도 내 근처에 있고 이제 내게는 그편이 자연스럽다. 언제부터 그렇게 되었는지를 따져보는 것도 새삼스러울 만큼 자연스럽게 되었다. 소라와 나나가 내 어린 시절을 알고 있는 것처럼, 나는 그녀들의 어린 시절을 알고 있다.

도깨비,라고 말하자 두 소녀가 창백해졌지.

도깨비가 있어?
이 집에 도깨비가 있어?

작은 소녀 뒤로 더 작은 소녀가 숨었지. 나나는 겁을 먹었고 나나처럼 소라도 겁을 먹은 게 분명했지만 아닌 척하며 나를 바라보았지. 외롭고 서글프고 깡마른 소녀들. 말한 적이 없으므로 소라와 나나는 모를 것이다. 그 순간 내가 얼마나 개구쟁이처럼 즐거웠는지. 얼마나 아이답게, 신나서 기쁘고 소중했는지. 자매는 자랐지만 여태 도깨비를 무서워하는지도 모르고 이제 몇달 뒤엔 그녀들을 닮은 아기가 태어날 것이다.
그리고 이 남자가 아기의 아버지.

괜찮아?

마른행주로 칼을 닦아 도마에 내려놓았다.

아저씨, 하고 부르고 나를 바라보는 것을 확인했다. 다시는 나나를 건드리지 말라고 그 눈을 향해 말했다. 소라가 용서하지 않을 테니까. 내가 용서하지 않을 테니까. 한번 더 그렇게 하면 맛을 보게 될 것이다.

어떻게 해도 용서받을 수 없다는 것.

그 맛을 보게 될 것이다.

*

나나는 나를 사랑합니까.

나나는 나를 사랑하지. 오래전부터 나를 사랑했지. 내가 충분하게 그것을 알 수 있도록 나나는 부딪혀오고는 했지. 새끼 오리 같은 것이라고 나는 생각했다. 알에서 갓 깨어나 무언가를 목격한 새끼 오리처럼 무작정 따라다니는 것. 각인. 그것과 같은 것이라고 생각했다. 그렇게 설득하려고 하자 나나는 울었다. 깜짝 놀랐다. 나나는 좀처럼 울지 않는 여자아이였으니까. 그건 지금도 그렇지. 나나가 우는 것을 목격한 것은 딱 세번. 내가 나나를 때린 적이 있다. 그때가 첫번째. 각인을 설명하고 울려버린 뒤 어쩔 수 없이 너의 사진을 보여주었을 때가 두번째. 그리고 최근, 모세라는 남자가 집 앞으로 찾아왔을 때.

나나는 좀처럼 울지 않지만 한번 울면 와, 하고 요란하게 울어버린다. 울면 달라진다. 평소의 새침하고 당돌한 얼굴은 온데간데없고 일그러진 얼굴로 갓난아이처럼 울어버리는 것이다. 그런데 그것은 달라지는 것일까. 그것이야말로 나나의 표정은 아닐까. 껍데기를 까고 나면 비로소 드러나는 알맹이처럼 그게 본래本來인지도 모르겠다. 그게 아니라면 그 얼굴이 그 정도로 낯설지 않은 이유를 달리 생각할 수 없다. 아기를 갖고 나나의 껍데기는 조금씩 부스러지고 있다. 나나는 본래로 돌아갈지도 모르겠다. 본래로 돌아가 여태보다 자주 울게 될지도 모르겠다. 아기 같은 얼굴로 울어버리는 여자아이와 그녀의 아기. 두사람에게 세상은 어떨까. 세상은 그들에게 잘해줄까. 잘 대해줄까. 사랑스럽게 여겨줄까.

나나를 사랑합니까.

나나는 사랑스럽다.

나나는 사랑스럽고 나는 교활하다. 나를 향한 나나의 마음 때문에 나나를 사랑스럽다고 여기는지도 모르겠다. 어쩔 수 없다. 그 정도로 사랑받으면 역시 사랑스럽다.

너는 어땠을까.

나를 사랑스럽다고 생각한 적이 있었을까.

고등학교로 진학한 뒤에도 나는 너를 찾아다녔다. 맴돌며 너를 확인했다. 너는 이제 학교 안에 더는 흥미로운 것이 없다는 듯 학교 밖에 머물렀다. 여자아이들을 데리고 다녔고 사마귀처럼 안장을 들어올린 오토바이를 타고 다녔다. 너와 네 무리가 관련된 괴담도 많았다. 노래방에서 여자아이들과 번갈아가며 그 짓을 했다거나 어딘가의 옥탑방에서 본드에 취해 집단 환각을 경험했다거나 (늘어져 있는데 누가 자꾸 문을 두드려 나가보면 아무도 없고 아무도 없어 문을 닫고 돌아오면 옥탑 천장에서 누군가 쿵쿵쿵쿵, 뛰어다니고 누구야 씨발! 하고 외치면 조용해졌는데 아침에 문을 열고 나와보니 누구의 것인지 알 수 없는 신발 한켤레만 옥탑방 앞에 가지런히 놓여 있고 나머지 신발들은 모조리 건물 밖으로 내던져져 있더래.) 멀리 떨어진 학교의 소년들을 비위에 거슬렸다는 이유로 패다가 실명시키고 말았다는 이야기 같은 것.

나는 너와 네 소년들이 맥도널드에서 지도를 펼쳐두고 모여 있는 것을 자주 보았다. 어느 장소의 지도인지는 알 수 없었다. 지도의 아래쪽이나 옆쪽으로 깨끗한 파란 면이 펼쳐져 있는 것을 보면 바다 근처인 것 같았다. 나는 네가 어딘가 먼 곳으로 가버려 영영 돌아오지 않을까 불안했지만 너는 일정한 시간이 지난 뒤엔 그 동네와 학교로 돌아왔고 저녁 무렵에 밤을 걷다보면 이런저런 모퉁이에서 우연히 너와 마주치는 순간도 있었다. 너는 소년들 틈에서 담배를 입에 물고 어느 계절에나 추운 것처럼 등을 구부리고 서 있었다. 그러다 나를 발견하면 나를 바라보았다.

개새끼야.

12월에 너는 그렇게 말했다.

너는 그해 12월에 거의 매일 멍든 채로 나타났다. 아버지에게 얻어맞았을 수도 있고 어딘가에서 싸움을 했을 수도 있었다. 그 무렵 한번은 정류장에서 네가 내게 부딪히고 간 적이 있었다. 문구점에서 마음에 드는 필기구를 사가지고 막 나왔을 때였다. 밀고 지나가는 힘에 밀려 나는 비틀거렸고 너는 그런 나를 몹시 비웃는 얼굴로 바라보며 한두걸음을 뒷걸음으로 걷다가 몸을 돌려 가버렸다. 그뿐인 순간이었는데 나는 부끄러웠다. 부끄러웠고 스스로에게 화가 났다. 예쁜 봉투에 담긴 새 문구, 하필 그런 것을 소중하다는 듯 손에 들고 있었다는 것, 단정한 옷차림, 마지막 구멍까지 끈을 꽉 채워 묶은 운동화 같은 것이 아주 부끄러웠다. 아주 평범하고 안전한 것들이었다. 그건 너와 아주 거리가 있는 것들이었다.

그달이 가기 전의 일이었다.

그날 나는 운동장에서 너를 보았다. 내가 속한 반은 배구 수업 중이었다.

딱딱하게 언 모랫바닥을 운동화로 긁고 있을 때 운동복이 아닌 교복 차림의 학생들이 운동장으로 밀려나왔다. 나오자마자 그들은 일렬로 서서 고개를 숙였다. 당구 큐를 든 선생이 그 앞을 오가다가 누군가를 불러냈는데 그게 너였다. 그가 너에게 뭔가를 묻는 것 같았다. 그는 큐로 바닥을 꾹꾹 누르고 있다가 어느 순간 그것을 내던지고 너를 향해 발길질을 했다. 너는 바닥에 쓰러졌다. 바닥에 쓰러진 채로 너는 가만히 있었다. 나는 다시 부끄러웠다. 바닥에 가만히 쓰러진 너는 약해 보였고 하찮아 보였다. 언제나 멍투성이였으므로 어떤 상황에서 얼마를 돌려주었든 네가 어딘가에서 얻어맞고 있다는 것을 알고 있었는데도 막상 그런 광경을 목격하니 믿을 수 없었다. 누군가 순식간에 너를 그렇게 만들어버릴 수 있다는 것이 믿기지 않았다. 일어나라, 하고 바랐다. 일어나라. 일어나라 일어나. 나는 네가 당장 일어나서 너를 손상시킨 그 선생에게 똑같이 하기를 바랐다. 둔감하고 두꺼운 그 옆구리에 발길질을 하고 주먹을 먹이고 그 뻔뻔한 이마에 침을 뱉기를 바랐다. 일어나라 씨발, 일어나.

너는 일어났다. 아무것도 아닌 것처럼 일어나서 그대로 운동장을 가로질러 담장을 넘었다.

나는 너를 따라갔다. 너는 교복 위에 아무것도 입지 않았고 납작한 단화를 신고 있었다. 등엔 모래가 묻었고 단화 한쪽의 끈이 풀려 걸음을 걸을 때마다 질질 끌리거나 밟히고 있었다. 불러세워서 끈을 제대로 매어주고 싶다고 생각하며 너를 따라갔다. 버스정류장에서 너는 가장 먼저 도착한 버스에 올라탔다. 너는 뒷좌석 끄트머리에 앉았고 나는 반대쪽 끄트머리에 앉았다. 운전기사가 요금을 내야 한다고 툴툴댔지만 그래도 그는 우리를 내버려두었다. 머리 위에서 불어오는 히터의 건조한 바람 때문에 눈이 자꾸 말랐다. 반환점을 돌아 종점에 다다를 때까지 너는 그대로 앉아 있었다. 네가 그대로 앉아 있었으므로 나도 그대로 앉아 있었다. 사람들이 버스에 올라타서 너와 나 사이에 앉았다 내리고는 했다. 버스가 긴 거리를 달릴수록 나는 침착해졌다. 버스를 타고 내리는 사람들, 그들의 옷깃이 서로 쓸리는 소리, 좌석에 앉은 사람들이 몸을 뒤척일 때 내는 소리, 무관해 보이지만 닮은 듯한 얼굴들, 끊임없이 타고 내리고…… 타고 내리고…… 때론 소란스럽고 때론 적막한, 직진과 커브…… 모퉁이를 돌 때 버스는 틀림없이 한쪽으로 기울었고 그러면 나는 그 긴 좌석이 시소와 같다고 생각했다. 네 쪽으로 기울어지거나 내 쪽으로 기울어지거나. 그러다 어느 순간 한쪽이 나머지 한쪽으로 흘러내린다면 좋겠다. 시소를 타고 흘러내려 더 곁에, 앉게 된다면 좋겠다…… 멍청하게 그런 상상을 하며 창밖을 보았다. 얇은 성에로 덮인 유리창에 이따금 네가 비쳤다. 너는 버스에 탈 때보다 편하게 숨을 쉬는 것처럼 보였다. 종점에 다다른 것은 해 질 무렵이었다. 나는 너를 따라 텅 빈 버스에서 내렸다. 붉은 하늘에 저녁별이 떠 있었다. 이제 어느 쪽으로 갈까. 그런 것을 생각하는 것처럼 서 있다가 너는 문득 내 쪽을 향해 돌아섰다.

너, ㄴ 따라다니지 마라. 너는 왠지 시원하다는 듯 말했다.

따라다니지 마 개새끼야.

개새끼야.

그 말을 나는 잊을 수 없다. 다정했으니까. 욕이지만 상냥했으니까. 그날 이후로 너는 학교로 돌아오지 않았다. 나는 네 소식을 들었다. 네가 두문불출, 집에 머물고 있다거나 패거리들과 오토바이를 몰아 꽤 먼 곳으로, 자주 나가보는 모양이라는 등의 모순되는 소식들도 있었지만 어쨌거나 그런 소식들 중엔 네가 어머니를 심각하게 상해해 응급실에 실려가게 만들었다는 소식, 입대를 준비하게 되었다는 소식, 아버지를 죽이고 싶다고 생각한 적이 있느냐는 질문에 그렇다, 그렇다고 두번이나 대답해 입대 신체검사를 두번 받았다는 소식, 한밤에 집 안의 모든 유리와 부모 명의의 차를 야구방망이로 다 두드려놓고 떠났다는 소식이 있었다. 진짜로 너는 사라졌다. 나는 네 소식을 듣지 못했다. 고등학교를 졸업한 뒤에는 우연히라도 너를 보지 못했다. 이후로 장례식장에서 다시 너를 만나게 될 때까지, 얼마의 시간이 흘렀는지 모르겠다. 그런 것을 셈하는 것이 무용하게 여겨질 정도의 시간. 그래도 나는 너를 다시 만나게 될 거라고 생각했다. 당연하지 않아? 다시 만날 수 없다니. 그건 대체 상상할 수도 없을 정도로 이상한 경우였다. 나는 언제고 너를 만날 것이다. 그것을 의심치 않았으므로 이따금 나는 너를 잊거나 하며 살았다.

*

어머니는 최근에 나나에게 줄 조각이불을 완성했다. 나나가 임신했다는 소식을 들은 뒤부터 틈틈이 만들어 완성한 것이다. 다채로운 색의 공단과 좋은 면으로 만들어진 옛날 이불을 여러채 자르고 잇대어서 깜짝 놀랄 만큼 아름다운 이불을 만들어냈다. 나나에게 주는 것이 아니고 아기에게 주는 것이므로 아직은 비밀,이라며 그녀는 그것을 서랍에 개켜두었다. 나는 무엇을 줄 수 있을까. 나나와 그녀의 아기에게 무엇을 줄 수 있을까. 요즘은 그것을 고민한다. 그리고 자주 꿈을 꾼다.

고요하고 적막한 꿈인데 이상하게 악몽으로 여겨지는 꿈.

너를 본 지 너무 오래되었다.

땀이 흘러 잠에서 깨는 밤이 늘었다. 여름이 다 갔다. 나뭇잎들의 색이 변했고 기온도 변했다. 밤에는 공기가 차가워 이제는 창을 열어둔 채로 잠들지 못한다. 삯에는 집으로 돌아가는 길에 들러 따뜻한 것을 먹고 가는 손님이 늘었다. 소라와 나나도 최근엔 매일 들러 국물을 먹고 간다. 어머니는 가을이 조금 더 깊어지면 작년과 마찬가지로 할아버지의 무덤을 방문하겠다고 말했다. 그런 계획이 있다고 말하자 나나가 올해는 동행하겠다고 졸랐다. 산이라서, 힘들어. 그렇게 말리자 천천히 오르면 되지, 하고 입을 내민다. 나나는 요즘 매일 삯에 들른다. 소라도 매일 삯에 들른다. 소라가 매일 나나의 회사 앞으로 마중을 가고 있고 매일 저녁 둘이서 삯에 들렀다가 집에 돌아간다. 나나가 회사를 그만뒀으면 좋겠어,라고 소라는 말한다. 그 남자가 있는 회사 같은 거, 그만두고 다른 데로 옮겼으면 좋겠어. 나나는 못 들은 척하고 감자조림을 먹고 있다. 입술이 말라 있고 안색이 탁하다. 살이 좀 쪘나, 싶을 정도로 보이지만 잘 살펴보면 임신을 알아챌 정도로 배가 나왔다. 괜찮아?라고 물으면 괜찮지 않을 게 있어?라고 반문을 한다. 들어봐,라고 나나는 말한다.

그보다 들어봐. 나는 오늘 회사에서 언니들이 하는 얘기를 들었어. 결혼한 언니들이 모여서 이런 이야기를 하고 있었거든. 아파트에 당첨되었대. 그런데 바로 옆 단지가 SH공사라, 저기 SH공사라는 건 영구임대주택이라는 거야. 그런데 바로 옆이 그거라서, 꺼려진다는 거야. 걱정이 된대. 그런 데엔 주로 가난한 사람들이 사니까 험악한 일도 자주 벌어질 테고 새터민도 많이 살고 무엇보다도 편부모 가정이 많아서, 거기서 자란 애들하고 자기 아이하고 섞여 자라는 게 싫다는 거야. 편부모 가정에서 자란 아이들은 부모의 돌봄이 아무래도 부족할 수밖에 없고, 그래서 발달에 격차가 생긴다는 거야. 걔네들은 정서적으로도 불안하고 말도 어눌하고 학습도 별로, 여러모로 부족한 경우가 많대. 그렇게 건강하지 못한 아이들하고 이웃하고 살면서 자기 애들이 영향 받을 게 걱정된다는 이야기였어. 그건 진짜일까? 정말 그럴까? 왜냐하면 이제 내가 편부모잖아? 내가 편부모가 될 예정이잖아? 그러면 내 아기는 부족해질까? 사랑받지 못하고 건강하지 못한 채로 자라게 되는 걸까 편부모라서. 그런 게 걱정이 되는 거야.

신경 쓰지 마,라고 소라는 말한다.

정신없는 사람들이 하는 이야기 같은 건.

정말 건강하지 않은 쪽은 그쪽이라고 소라는 말한다.

편부모가 아닌 상황이라면 부족하지 않아? 편부모가 아니라면 무조건 사랑받으면서, 건강하게 자라게 되는 거야? 자기들은 편부모 상황에서 자라지 않은 건강한 사람들이라서 그런 것을 다 걱정하고 있는 거지? 그런 게 건강한 거라면 나는 건강하지 않아도 좋아. 나나도 건강하지 않아도 좋아.

나는 건강한 게 좋아.

그러면 건강한 게 뭔지 생각해. 제대로 생각해, 하고 소라는 말한다. 제대로 생각해. 소라의 목소리로 그 말을 들으니 묘하게 위화감이 느껴졌다. 어디가 이상한가, 생각하다가 그 말은 나나의 입버릇이라는 걸 깨달았다. 소라는 이제 뭔가, 나나처럼 말한다고 말하자 자매가 밥을 먹다 말고 동시에 나를 바라보았다. 닮았다. 이 자매는 나이를 먹어갈수록 닮아가고 있다. 형제나 자매라는 것은 나이를 먹어갈수록 이렇게 닮게 되는 것일까. 닮았다. 정말 닮았다,라고 생각하다가 웃음이 터지고 말았다. 자매는 영문을 몰라 나를 바라보았다. 나나는 이미 건강해. 소라는 밥에 고등어초절임을 얹어 먹으며 투덜거리는 것처럼 말했다.

그 사람들보다 나나가 훨씬 건강하다고 나는 생각해 누가 뭐래도. 나나는 건강해. 그리고 대견해. 나나도 대견하고 나도 대견하고 나기도 대견해. 그 사람들 말대로라면 나나도 나도 나기도 편부모 상황에서 자랐잖아. 이 정도로 자랐잖아.

그렇지, 하고 생각했다. 소라도 나나도 나도, 말하자면 편부모 상태로 자랐지.

깜짝이야.

그렇지 그런데 평소에 전혀 생각하고 있지 않아서, 몰랐어.

자매가 남은 밥을 묵묵히 먹는 동안 나는 밖을 내다보았다. 빗방울이 몇 개, 삿의 유리창에 부딪혔다. 나나는 감자조림을 한번 더 청해서 밥을 반공기 더 먹었다. 나나는 이제 간장요리를 잘 먹는다고 소라가 말했다.

전에는 싫어했나.

나나가 말했다.

싫어했지.

소라가 말했다.

싫어했어.

내가 말했다.

간장을 싫어하는 부족이었지, 하고 소라가 말하자 나나가 무슨 말이냐는 듯 바라보았다. 소라는 무심코 생각해낸 듯 무심한 얼굴을 하고 있었다. 깜짝 놀랐다. 소라가 그것을 기억하고 있는 줄은 몰랐으니까. 오늘밤엔 두번이나 놀랐다. 이렇게 아무렇지도 않게, 두번이나.

하나뿐인 부족도 있는 거지 세상엔.

나는 소라에게 그렇게 말한 적이 있었다. 꽤 오래전, 일본으로 떠나기 전에, 전날밤에.

간장을 싫어하는 부족.

간장을 좋아하는 부족.

간장을 싫어하지도 좋아하지도 않는 부족.

부족이 되나, 하고 소라는 물었지.

나 하나뿐인데?

하나뿐인 부족도 있는 거지 세상엔.

아무리 마셔도 좀처럼 취하지 않는 밤이었다. 소라와 나나까지 덩달아, 끝까지 따라오겠다는 기색으로 마시고 마시다가 나나가 먼저 잠들어버리고 소라와 내가 남았다. 소라, 나나, 나기,라고 말하며 나는 탁자에 물방울 세개를 찍어두었다. 그런데…… 하고 소라가 말했지. 나기가 너무 조그맣다, 왜 이렇게 조그매, 제일 조그매, 맘에 안 든다는 등 말하며 나기라는 물방울에 물방울을 보태고 보태다가 섞이고 말았다. 세개의 물방울이 뭉쳐 조금 더 큰 한개의 물방울이 되고 만 것이다.

에이, 하고 소라는 말했다.

죽었네.

죽었네 이건.

나나도 나도 나기도, 다 죽었네,라고 말하며 소라는 정말 서글픈 듯 눈물을 글썽였다. 트럭이 덜컹대며 골목을 지나가는 소리가 들려왔지. 소라는 탁자에 턱을 올린 채로 한참 물방울을 들여다보고 있다가 말했다. 죽은 게 아니야 이건.

합체한 거야. 파워 레인저처럼 셋이서 합체. 봐, 이게 뭐 같아? 나는 이게 뭐 같냐면……

나비 같다.

……나방 아니고?

나방이 좋아?

뭐가 다른가 잘 모르겠네.

나비는 낮에 날고 나방은 밤에 날아. 어느 쪽이 좋아?

낮에도 날고 밤에도 날면?

피곤하지 않을까.

피곤해도 있지 않을까 낮에도 날고 밤에도 나는 것이 세상엔.

있겠지.

그럼 이게 그거야. 그거로 하자 낮에도 날고 밤에도 나는 것. 낮에도 날고 밤에도 나는데 그런데 이건 뭐야. 뭐라고 하는 게 좋을까.

이름을 붙일까.

붙이자. 나비와 나방이 전부 있는 것으로.

나비와 나방.

나방비 나비방.

나나비.

나비바.

나비바가 될까.

나비바가 되자.

나비바.

소라, 나나, 나기가 합체하면, 나비바.

나비바가 되지.

나비바.

소라나나나기나비바.

죽었니 살았니.

살았다.

나비바.

소라나나나기나비바.

술에 취해서, 끝도 없이 그런 이야기를 나눈 밤이 있었다.

하나뿐인 부족.
나는 이 이야기를 너에게 들었다. 일본으로 떠나기 전의 일이었다.
출국을 한달 앞둔 날에 동창 네트워크를 통해서 부고를 전해들었
다. 나는 그의 이름을 기억해냈다. 목공소네 아들. 고교 때 얼굴 형
태가 바뀔 정도의 오토바이 사고를 낸 적이 있는 동급생. 너와 어
울려다니던 무리에 그가 있었다.
장례식장은 택시를 타고 이십여분 걸리는 거리였다. 나는 너를 보
러 장례식장에 갔다. 장례식장에 다다르기도 전에 나는 네가 그 자
리에 있다는 것을 알았다. 네가 그 장소에 와 있다는 것을 느꼈다.
나는 죽은 동창생에 관한 생각은 조금도 하지 않았고 오로지 너를
생각했다. 너를 만나야겠다고 생각했다.
이틀째 되는 날이었으므로 사람이 많았다. 너는 있었다. 너는 다른
세명과 안쪽 자리에 앉아 있었다. 그들 모두 내 동창생들이었다. 그
들이 나를 알아보았는지는 모르겠으나 나는 그중에 두명을 알아
볼 수 있었다. 나는 네 곁에 앉았다. 상차림을 수월하게 하려고 펼
쳐둔 전지 위엔 음식 부스러기들이 떨어져 있었고 빈 술병이 벌써
여러개 놓인 자리였다. 너는 나를 알아본 듯했으나 다른 이들은 나
를 알아보지 못했다. 너는 누구냐. 네가 누구냐. 동창이라고 대답하

자 이미 불콰해질 대로 불콰해진 그들은 팔을 벌리고 내 어깨를 안으려 들었고 근처의 빈 잔을 끌어당겨 내 몫의 잔을 만들었다. 비웃듯 뚫어지게 관찰하는 너의 시선을 느끼며 나는 묵묵히 소주를 받아마셨다. 학원강사, 주차요원, 상점 판매원, 한때 나를 두드려패는 것으로 무료함을 달래던 나의 동창생들은 자신의 직업을 스스로 변변찮은 일이라고 칭하며 끊임없이 욕을 했다. 세상을 욕하고 죽음을 욕하고 맛없는 음식을 욕하고 어린것들을 욕하고 장례식장을 욕하고 늙은이들을 욕하고 서로를 욕했다. 자기들끼리 만취한 이들은 다른 조문객들과 유족에게 눈총을 받고 있었다. 환영받지 못하는 친구들이었다. 그래서 더 떠들썩하게 구는 것인지도 모르겠다고 나는 생각했다. 내가 앉은 자리에서 고개를 들면 국화에 푹 파묻힌 영정이 보였다. 집요하고 잔혹하게 나를 가해한 녀석이었다. 어느 순간 너는 내게 물었다.

통쾌하냐.

아니.

슬프냐.

아니.

불쌍하냐.

아니.

왜 왔어.

널 보러.

너는 조금 더 말라 보였고 작아 보였고 늙어 보였다. 이목구비는 여전히 소년 같았으나 몹시 늙어 보였다. 난폭하던 네 아버지는 더 늙을 짬도 없이 가버렸다. 겨울에 그는 죽었다. 집에 아무도 없을 때 뇌출혈로, 잠깐의 마비와 경련 뒤에 죽어버렸다. 그는 아마 고통도 크게 느끼지 못했을 것이다. 불공평하게. 아버지와는 끝내 화해하지 못하고 설득하지 못하고 갚아주지도 못한 채로 영영 중단되어버렸다. 죽어버렸으니까. 그 새끼는 망해버린 나를 내버려두고 존나 편하게 가버렸다. 지금도 죽여버리고 싶은데 죽여버릴 수도 없게 존나 혼자 죽어버렸다. 그런 이야기를 들려주며 너는 마시고 마셨다. 마시고 마시다가 똑바로 앉아 있을 수 없는 상태가 되자 음식이 차려진 상 쪽으로 머리를 기울이며 졸았다. 네가 앞쪽으로 머리를 크게 끄덕였을 때 술을 가득 담고 있던 컵이 엎어졌다. 거품 섞인 맥주가 단번에 상을 뒤덮고 네 무릎으로 흘러내렸다. 너는 손을 펼친 채로 상 끝에서 네 손바닥으로 뚝뚝 떨어지는 술을 경이로운 것처럼 지켜보았다. 야 이거 봐라. 이게 뭔지 아냐. 술이다. 생명이다. 인생이다. 엎어지면 끝. 빌어먹게 엎어지면 끝. 너 이걸 손바닥에 담을 수 있냐. 담을 수 있냐고. 거짓말 마라 거짓말…… 잠깐 담을 수는 있어도 끝까지 담을 수는 없다. 잠깐 고였다가 사라지잖아. 이렇게 다 흘러서 어디로 가냐. 증발이지. 증발되고 나면 흔적이 남지. 자국이다. 그건 더럽지. 퀴퀴하고 시큼하게 얼룩이고 더럽지. 그런데 이것은 인간하고 어떻게 다른가. 어떻게 다르냐. 야, 니가 대답해봐라. 모두 이렇게 죽는데? 너는 다르다고 생각하고 싶겠지만 모두 이렇게 죽는데? 다를 것 같지만 결국엔 다

르지 않다. 모두 증발이다. 증발. 증발. 그러고 나면 뭐가 남지. 멸종
이다. 나는 증발되고 멸종이다. 너도 마찬가지. 너는 없어지고 너는
멸종이지. 저 새끼도 나도 멸종. 이 새끼도 저 새끼도 모두 멸종. 애
새끼도 늙은이도 모두 그렇게 사라진다. 멸종이야 인간은 어느날
문득 피할 수 없다. 외롭다고? 너 외롭다고? 너 방금 외롭다고 하지
않았냐? 외롭다고? 솔직하게 말해봐 존나 새끼야 징그럽게 외롭다
고 말해봐. 외롭지. 외롭지 하나뿐이니까 하나뿐! 피 빠는 파리 같
은 게 들끓는 정글 같은 곳에서 하나뿐인 씨발 원주민처럼 나는 하
나뿐. 너는 아니냐. 공평하게 너도 하나뿐인데? 괜찮아. 공평하게
괜찮지 않아? 모두가 공평하게 하나뿐이니까. 하나뿐이야. 하나뿐
이라는 이름의 부족. 하나뿐으로 사라질 뿐이다. 그뿐이다. 너도 나
도 결국은 이렇게 하나뿐이라는 부족으로 멸종하고 엎어지는 존
나……

어느 순간 너는 말을 멈추고 질린 것처럼 눈을 커다랗게 뜨고 손을
내려다보았다. 그 많은 말을 해놓고도 전혀 지껄이지 않은 것처럼
침묵에 잠긴 채 젖은 손을 골똘하게 들여다보고 있었다. 나는 물수
건을 가져다 네 손을 닦았다. 손바닥을 닦고 손등을 닦고 손가락을
닦고 다시 손을 뒤집어 꼼꼼하게 손바닥과 손가락을 닦았다. 너는
얌전하게 손을 맡기고 있었다. 이따금 눈을 껌벅이며 이상하고 신
기한 사물을 관찰하는 것처럼 손을 펼쳤다가 오므렸다가 하며 내
게 손을 맡기고 있었다.

나는 네게 주소를 알려달라고 말했다. 엽서를 보낼 테니까.

허깨비처럼 공중으로 흩어지는 것이나 다름없는 메일이나 전화번호 같은 것 말고, 물질적으로 당도할 수 있는 번지수가 필요하다고 말하자 너는 붉게 충혈된 눈을 하고 웃는 것처럼 나를 보았다.

나는 그것을 기억하고 있다.

네 손등이 어떻게 구부러져 있었는지. 손바닥의 어느 부분이 오목하고 볼록했는지. 검지의 두번째 마디가 어느 방향으로 휘어 있었는지. 그것을 전부 기억하고 있고 또 그것을 얼마나 내 입에 넣고 싶었는지까지도 기억하고 있다. 이것은 감촉에 관한 기억이고 열망이므로 영영 사라지지 않을 것이다. 사라지더라도 맨 마지막에 사라질 것이다. 마지막에야 사라질 것이다.

너는 그 손으로 엽서들을 받아보았을 것이다. 내가 보낸 엽서들. 다루마와 네꼬와 도쿄 타워와 벚꽃 그림자와 보라색 매듭이 그려진 엽서들을. 나는 그 엽서들이, 적어도 그중에 한장 정도는 틀림없이 네게 당도했다는 것을 알고 있다. 네가 그 엽서에 적힌 주소로 나를 찾아왔으니까. 너는 그 엽서들을 어떻게 했을까. 버렸을 것이다. 버리거나 버리지 않았을 것이다. 그 엽서들은 지금 어디에 있나.

너는 어디에 있나.

삯은 오늘 자정을 조금 넘겨 문을 닫는다. 소라가 취했다. 나나는 마시지 않았지만, 취했다. 나는 소라가 남긴 것을 마셨을 뿐인데 취했다. 소라는 요즘 직장에서 거슬리는 사람이 있다고 말한다. 거슬린다, 거슬린다며 가만히 있다가도 무언가를 지우는 것처럼 머리 위로 주먹을 휘두른다. 거슬리는데 자꾸 생각이 난다며 진짜, 거슬리는 사람이라고 말한다. 작년 겨울에 눈이 많이 왔잖아? 성탄절 전야에 그 사람이 그렇게 눈이 쌓인 길을 조심조심 걷고 있었는데 바로 앞에 큰 외투를 입은 남자가 자기처럼 조심조심 걷고 있더래. 케이크 상자를 들고 조심조심. 아마도 자기 아이들에게 짜잔, 하고 주려던 것이었겠죠 성탄절이니까, 하고 그 사람이 말했어. 좋겠다, 애들이 정말 좋아하겠다, 하고 생각하면서 조심조심 걷는 와중에도 그 남자의 뒷모습을 보고 있었대. 부러웠대. 애들이 좋아하겠지, 그러면 저 사람도 좋겠지, 하고 생각하면서 보고 있었는데 그 남자가 그만 미끄러져서 넘어졌대. 그 남자는 금방 일어났는데 눈투성이가 되었는데도 찌그러진 케이크 상자만 내려다보고 있더래. 그걸 보고 자기가 너무 속상했대. 어떻게 생각해? 나는 이 사람이 그 사람 같아. 그 사람이 봤다는 뒷모습이 결국은 그 사람 같아. 그런데 그 사람은 이런 이야기를 왜 나한테 하는지 모르겠네. 거슬려. 자꾸 거슬려, 하고 소라는 말한다. 거슬린다는 것은 신경이 쓰인다는 것이고 신경이 쓰인다는 것은 좋아한다는 것 아니냐고 나나가 말하자 소라는 실없다는 듯 웃으며 고개를 흔든다. 그게 아니라 그냥 거슬려. 자꾸 말하니까.

오늘밤은 따뜻하지만 아무래도 가을이고 공기엔 마른 나뭇잎 냄새가 섞여 쓸쓸하다. 쓸쓸하지만 셋이서 집으로 간다. 나비바, 나비바 상태가 되어 돌아간다. 이대로 쭉 걸었으면 좋겠다고 나나가 말한다.

계속 계속 걷고 싶다. 계속 걸어서…… 걸으면 뭐가 나오지?

바다가 나오지.

바다가 나오면 어떻게 하지?

바다를 건너지.

걸어서?

걸어서 건너버리지.

나나는 바다를 건넌 적이 없는데.

나기는 있지.

어땠어?

바다를 건너는 것은 어땠어?

소라와 나나는 거기서 내가 어떻게 지냈느냐고 묻는다. 어떤 집에서 머물렀나. 다다미가 있는 방은 어땠나. 다다미를 밟아보니 어땠나. 음식은 어땠나. 번화가는 어땠나. 사람들은 어땠고 지진은 어땠나. 그 도시에서는 뭐가 아름다웠고 뭐가 무서웠나. 언제나 묻는 것을 묻고 나는 언제나 했던 대답을 또 한다. 다다미는 다다미. 음식은 대체로 짜서 내게는 맞지 않았지. 번화가엔 사람이 많았지. 이따금 지진으로 흔들리면서 나는 일하고 먹고 잤지. 피부병에 시달렸지. 영양이 부족하고 스트레스를 받으면 사람은 피부병에 걸려. 번화가를 오가는 사람들은 동양인을 경계했지. 자신들과 같은 국적을 가지지 않은 동양인이라는 것을 눈치채면 표정이 싸늘해졌지. 속임

수를 쓰는 브로커가 있었지. 돈을 너무 적게 주는 일자리가 있었고 너무 적게 준다고 항의하자 불법 노동과 불법 거주를 관계당국에 고발하겠다고 협박하던 한국식 식당의 한국인 부부가 있었지.

나쁜 것들, 하고 나나가 말한다.

나쁜 것들. 그리고 그리고 또 뭐가 나빴어? 뭐가 무서웠어?

뭐가 아름다웠어?

아름답다고 여긴 광경은 한밤의 번화가에서. 그때 나는 길을 건너려고 횡단보도 앞에 서 있었는데 넓은 도로를 건넌 곳에 고성古城을 둘러싼 검은 담벼락이 이어져 있었고 그 담벼락 앞에 드럼을 두드리는 남자가 있었지. 도로를 건넌 곳이라서인지 소리가 들리지 않았지. 그는 박자를 타는 듯 상체와 머리를 앞뒤로 크게 꺾어가며 드럼을 두드리고 있었는데 소리가 전혀 들리지 않아 음악을 연주하고 있다기보다는 행위예술을 하는 사람처럼 보였지. 내 곁의 사람들은 무뚝뚝하게 선 채로 그쪽을 바라보거나 바라보지 않고 있었고…… 아무튼 이상한 장소에 이상한 방식으로 드럼 세트를 구비해두고 그는 혼자서 드럼을 두드리고 있었지. 그런데 그게 아름다웠지. 아름답다고 나는 생각했지.

무섭다고 여겼던 것도 같은 광경.

몹시 격렬하게 두드리고 있는데도 들리지는 않던 그의 드럼.

아무도 특별하게 여기지 않는 듯한 그 기묘한 발광.

머물 곳을 구하고 주소를 얻은 뒤로 나는 네게 엽서를 보내기 시작했다.

아무것도 적지 않을 때도 있었고 간단하게 한문장이나 두문장을 적을 때도 있었다.

비 내린다.

도쿄는 오늘 흔들렸다.

여기선 곱창요리를 호르몬이라고 불러. 나는 호르몬을 나른다.

불량배들이 오늘 내게 깡통을 던지며 오니처럼 웃었다.

오니란 도깨비라는 뜻.

화분 주웠다.

지난번 화분에 꽃이 피었다.

오늘도 비. 일본의 비는 미지근하고 끈끈해. 나는 감기 걸렸다.

조금 긴 이야기를 적을 때도 있었다.

밤에 버스를 타려고 서 있다가 일곱살쯤 된 여자아이를 데리고 걸어가는 여자를 보았어. 바쁜 볼일이 있는 것처럼 빠르게 걷고 있었는데 맞은편에서 걸어오던 남자의 가방이 그녀의 팔뚝에 닿았고 그러자 그 남자가 화를 냈어. 양복을 입고 넥타이를 맨 중년남자였어. 여자가 죄송하다고 했는데도 막무가내로 화를 내면서 욕을 했어. 여자는 처음엔 사과하다가 나중엔 맞서서 화를 내기 시작했고 남자는 그녀를 향해 바바,라고 부르면서 시네, 하고 외쳤어. 쿠소바바, 시네. 그러자 여자아이가, 여자보다도 한발 앞으로 나서면서 따지고 드는 거야. 귀여운 후드가 달린 빨간 점퍼를 입은 모습으로 그 남자와 마찬가지로 시네, 시네, 하고 날카롭게 외치고 있었어.

시네, 시네.

어느 쪽이든 너는 답장하지 않았다.

답장하지 않을 거라고 생각하면서도 거처를 옮긴 뒤 휴일이 되면 나는 이전에 살던 곳까지 걸어가서 우편물을 확인하고는 했다. 그러다 들키면 나도 모르게 뛰어 달아났는데 한번은 그렇게 달아나면서 스또오까stalker, 스또오까,라고 외치는 소리를 들었다. 비탈을 구르듯 달려내려올 때까지도 그 소리는 내 뒤통수에 달라붙어 떨어지지 않았고 왠지 나는 웃음이 터졌다. 방으로 돌아와서도 스또오까, 스또오까,라고 생각하며 배가 아플 정도로 웃고, 배가 너무 아픈 바람에 엎드려서 볼을 바닥에 대고 헐떡거리다가, 다시 웃었다. 그렇지만 정작 네 엽서를 받아보았을 때는 웃을 수가 없었다.

너는 조만간 이쪽으로 건너올 테고 당분간 내 방에 머물고 싶다고 적었다. 아무렇게나 갈겨쓴 글씨체였다. 보낸 날짜를 확인하니 열흘 전으로 네가 당도한다는 날짜는 그로부터 한달 뒤였다. 그리고 너는 그날 왔다.

여름에서 가을로 넘어갈 무렵이었으니 꼭 이맘때였다. 가방을 멘 모습으로 너는 내 초라한 방에 서서 천장을 올려다보았다. 형광등이 있어야 할 자리에 짧게 잘린 전선이 튀어나와 있었다. 너는 그것을 유심히 올려다보았고 나는 현실감을 완전히 잃은 채로 너를 바라보았다. 오전까지만 해도 너는 없었는데 네가 있었다. 네가 그 방에 있었다. 내가 그것을 믿어야 좋을까. 믿어도 좋을까. 여기는 한국도 아니고 일본인데. 가렵지도 않은 팔꿈치를 내내 긁으며 나는 생각했다. 네가 내 방에 있다. 어떻게 된 일일까. 어떻게 된 일인지 네가 지금 내 방에 있다. 너는 문 근처에 가방을 툭 던지고 나를 돌아보았다. 잠깐이면 돼. 잠깐만 머물 거야. 나는 아무런 대꾸를 하지 못하고 고개만 끄덕였다.

너는 돈을 벌러 왔다고 말했다. 그러려면 어떤 사람을 만나야 한다는 것이었다. 먼 친척뻘 되는 사람이라고 했는데 얼핏 들은 이야기로는 화류계에 종사하는 사람인 것 같았다. 너는 내가 일하러 나가는 낮에 그 방에서 잠을 잤고 저녁이 되면 나갔다가 새벽이나 아침에 돌아왔다. 나는 문 근처에 조그만 등을 켜두었다. 빨간 에나멜 갓이 달린 독서용 전등이었다. 무척 작은 것이었으나 방 구석구석 그 불빛이 닿지 않는 곳이 없었다. 눈을 감아도 빛의 방향으로 시신경이 반응했다. 그 불을 등지고 누워 있어도 나는 좀처럼 잠을 이룰 수 없었다. 너는 지금쯤 어디에 있을까. 어디까지 왔을까. 이 방으로 돌아오고 있을까. 오늘은 돌아올까. 오늘에야말로, 돌아오지 않는 것은 아닐까.

네가 찾는 사람을 찾아냈는지 어땠는지 나는 알지 못한다. 너는 계속해서 어두컴컴할 때 내 방으로 돌아왔고 너무 어둡다고 소리를 질러대며 그 방과 나를 비난했다. 이 방은 냄새가 난다! 이 방은 천장에서도 벽에서도 문고리에서도 냄새가 난다! 그리고 네 녀석한테서도 냄새가 나! 어처구니가 없을 정도로 악취 악취! 너무 좁고! 너무 좁고! 이불도 덮지 않은 채로 다다미 바닥에 누워서 그렇게 소리 지르곤 하다가 너는 잠들었다.

내가 너를 마지막으로 본 것도 그런 새벽이었다. 너는 그날 다친 채로 돌아왔다. 왼쪽 눈은 통통 부은 채 닫혀 있었고 눈썹뼈 부근이 빨갛게 찢겨 있었다. 입술에도 피가 맺혔고 턱에도 멍이 들었다. 그런 꼴을 하고, 유난히 풀 죽은 모습으로 너는 그냥 서 있었다. 나는 네 손을 잡아 자리에 앉히고 상처를 자세히 들여다보았다. 물수건으로 닦아야 할 곳은 닦고 연고를 발라야 할 곳엔 발랐다. 턱에 손가락을 대자 너는 고개를 들어올렸다. 너는 잠자코 있었다. 내가 하는 대로 내버려두고 있었다. 나는 다가갔다. 멈추고 다가가고 멈추고 다가가서 너의 가칠한 입술에 내 입술을 댔다. 너는 잠자코 있었다. 나를 내버려두었다.

차가운 혀.

성냥불 같은 그 맛을 느끼고 눈을 감았을 때 나는 뒤로 밀려 넘어졌다. 직후 단단한 것에 입을 얻어맞았다. 입안에서 별이 폭발한 듯했다. 나는 바닥에 손을 짚고 엎드린 채 입을 벌렸다. 너무 아파 입을 벌리고 있는 게 전부였다. 순식간에 혀가 부풀어올랐고 모래알 같은 것이 혀를 따라 미끄러져내렸다. 이상하게 진하고 검은 핏방울이 다다미로 떨어졌다. 아팠다. 비통하게 아팠지만 선명했다. 차라리 분명하고 선명했다. 너는 나를 걷어차고 밟았다. 배와 등과 넓적다리와 무릎과…… 종아리와…… 등과…… 머리…… 한마디 말도 없이 너는 자꾸 내게 충돌해오고 있었다. 나는 웃었다. 비통하게 아팠지만 선명했으니까 차라리. 나는 그것을 네게 받았다. 이렇게 분명한 것을 받았다. 이것은 막연한 기다림보다는 낫다. 열배 백배는 낫다. 내가 웃기 시작하자 너는 뒤로 물러나 잠자코 있었다. 더는 웃음이 나오지 않을 때까지 웃다가 나는 돌아누웠다. 이제 자자. 이제 자.

눈을 감자 더는 뜰 수가 없었다. 심장이 한번 뛸 때마다 지끈, 지끈, 고통이 번져갔다. 입속의 폭발은 이제 온몸으로 확장됐다. 턱이 온통 젖은 채로 나는 그것을 골똘하게 감각했다. 그리고 소리를 들었다. 네가 바닥에 놓여 있던 가방을 들고 신발을 신고 문을 열고 문을 열어둔 채로 철판을 덧댄 목조 계단을 내려가는 소리를. 다만 듣고 있었다. 옆방에서 벽을 두드렸다. 언제부터 두드리고 있었는지도 모르게 두드리고 있었다. 몇번이고 몇번이고 몇번이고 몇번이고.

나는 그뒤로 너를 보지 못했다.

한국으로 돌아온 뒤 공항을 빠져나오자마자 내가 찾아간 곳은 너의 주소지였다. 내 엽서들이 당도했을 주소. 버스정류장에서 한참 걸어올라가야 하는 비탈에 그 집이 있었다. 낡은 대문에 달린 벨을 누르자 어떤 여자가 응답했다. 인터폰으로 너의 이름을 묻자 그녀는 처음엔 알아듣지 못하다가 얼마 전까지 셋방에 살던 청년이 아니냐고 답했다. 그녀는 네가 일년쯤 전에 셋방을 정리하고 떠났다고 말했다. 그건 너무 오래전이었다. 그 셋방을 정리한 뒤 너는 나를 찾아왔을 것이다. 나는 거기서 너를 놓쳤다. 너를 잃어버렸다.

너는 지금 어디 있을까.

돌아왔을까.

아니면 바다 건너 어딘가에 아직 남아 있을까.

내가 본 것을 너도 보았을까. 아무런 소리도 없이 북을 두드리는 남자. 빨간 점퍼를 입고 시네, 시네, 하고 외치는 소녀. 너도 그들을 보았을까. 그래서 그들도 너를 보았을까. 내가 어디부터 묻고 다녀야 할까. 너를 보았느냐고 누구에게 물어야 할까.

때때로 나는 네가 죽는 꿈을 꾼다.

꿈에서 깨고 나면 꿈이었다는 것에 안도하지만 언제고 너도 죽을 것이다.

이미 죽었을지도 모른다고 생각하면 두렵다.

그러나 내가 기다리고 있는 것은 결국 너의 죽음인지도 모르겠다.

최근엔 그렇게 생각할 때가 있다.

언제고 이 엽서가 네게 도착한다면 좋겠어.

네가 어딘가에서 죽었다는 소식이 당도할 때까지, 이 엽서를 이어가며 기다린다.

어딘가에 네가 있다고 믿으면서.

살아 있다고 믿으면서.

죽었다는 소식을 받기 전까지는 살아 있는 것이다. 그렇게 믿으며 기다린다.

어딘가에 너는 있을 것이다.

너를 본 지 너무 오래되었다.

*

소라와 나나는 요즘 금주씨의 제사를 고민하고 있다.

격식을 제사의 중요한 조건으로 두는 사람은 그녀들의 제사를 어처구니없게 여길지도 모르겠다. 내가 그녀들을 만난 이래로 기일이 되면 그녀들은 북쪽에 가장 가까운 창 아래 마실 것과 먹을 것을 몰래 마련해두는 형태로 제사를 지내왔다. 맑은술과 밥 한공기에 국이 추가될 때가 있고 어느 때는 국화빵이나 아이스캔디나 바나나 푸딩 같은 묘한 것이 놓일 때도 있다. 애자 아주머니와 함께 살 때 그녀들은 자신들의 어머니가 잠든 밤 시간을 이용해 상을 마련했다. 그때는 잠깐 내버려두고 바로 치웠지. 지방문이고 뭐고 붙일 틈도 없이 치워야 했지. 올해는 어떻게 할 것이냐고 묻자 서로를 바라보더니 글쎄, 하고 소라가 말한다.

제사를 받아가래.

누가?

할머니가.

금주씨의 기일을 앞두고 할머니가 연락해서 말하기를 그간 집안에서 합동으로 지내왔는데 이제 손녀들이 저희 아버지의 제사를 가져갔으면 한다고 말했다는 이야기였다. 이제 와서, 뭐든 자기들 마음대로, 나나는 그렇게 투덜거리면서도 제사는 어떻게 주고받는 것이냐고 말한다. 비단을 주면 되나, 하고 소라가 말한다.

웬 비단.

비단을 주고 제사를 받았다. 있잖아 그런 이야기가.

있었지, 언니가 동생에게 비단을 받고……

꿈을 팔았지.

꿈인가.

꿈을 팔았다, 겠지.

그런가.

금주씨의 기일에 나는 일찍 샀을 닫고 자매의 집으로 갔다.

나나가 밀가루 묻은 손으로 문을 열어주었다. 둘이서 월차를 내고 종일 애쓴 듯 집 안에 음식 냄새가 가득했다. 올해는 애자 아주머니가 없어서 다른 때보다 넉넉한 상에 음식 가짓수도 늘어났다. 밥과 고깃국과 떡이 준비되었고 완자를 지지고 나물을 무치고 조기도 쪘다며 나나가 제사상을 자랑한다. 난생처음 만들어보았다며 산적이 담긴 냄비를 열어 보이는데 간장이 듬뿍 들어가서, 짜 보인다.

밥은 서쪽, 국은 동쪽.

대추와 머리는 동쪽, 밤과 꼬리는 서쪽.

소라와 내가 그릇 위치를 옮겨가며 상을 차리는 동안 나나는 편한 자세로 앉아 붓펜으로 지방문을 적었다. 소라가 그것을 보고 있다가 옛날에도 나나가 이렇게 적었지,라고 말했다. 현고학생부군신위. 이제는 한자로 적을 수 있지만 그냥 이대로 적는 거야, 하고 나나가 붓을 쥔 채로 새침하게 말했다. 갑자기 한자로 적으면 금주씨가 놀랄 테니까, 예전처럼 하는 거야. 상을 차리고 지방문을 붙이고 촛불을 켜고 그 불로 향을 피운 뒤 자매가 술과 절을 올렸다. 아버지, 하고 소라가 말했다.

매년 혼란스러웠지, 상이 두개라서. 올해는 어디를 먼저 가야 하나 하고.

올해부터는 여기로 오면 돼.

나나가 말했다.

곧장 와도 돼.

소라가 말했다.

그뒤로 밤새 상을 내버려두고 제사상 곁에서 남은 음식을 먹으며 놀기로 했다. 향은 다 타도록 두고 초만 바꿔가며 방을 밝혔다. 나나는 배가 무겁다며 옆으로 드러누워서 언젠가 들어본 듯한 뉴스를 말했다. 지구를 향해 돌진하는 세개의 혜성에 관한 이야기였다. 세개의 혜성이 지구를 향해 오고 있으며 넉달 뒤엔 그중 두개가 지구 대기권을 아슬아슬하게 스쳐갈 것이라는 내용이었다. 그건 상당히 오래된 뉴스가 아니냐고 묻자 나나는 눈을 동그랗게 뜨며 바로 어제 발표된 것이라고 말했다. 하지만 아무리 생각해도 상당히 전에 들은 뉴스 같은데, 하고 말하자 그럴 수도 있겠다고 소라가 말했다. 혜성은 항상 오니까. 예전에도 비슷한 게 다녀가지 않았을까.

나는 있지, 하고 나나가 말했다.

나는 예전엔 이런 뉴스를 들으면 지구가 망하나보다, 그렇게 생각하고 별다른 감상이 없었거든. 그런데 요즘엔 그렇게 생각할 수가 없어. 아기가 태어났는데 세상이 그렇게 끝나버리면 너무 억울하잖아. 모처럼 낳았고 모처럼 태어났는데 그냥, 세계가 끝나버린다면.

왜 끝나, 하고 소라가 말했다.

왜 끝난다고 생각해.

걱정되니까.

왜 그런 걸 걱정해.

글쎄 그런 게 걱정돼 요즘은.

나는 말했다.

공룡이 사라졌잖아.

어.

멸종했잖아.

멸종했지.

멸종이라서 한순간에 사라져버린 것 같지만 실은 천만년이 걸렸대.

그랬대?

천만년에 걸쳐 서서히 사라진 거야.

꽤 기네.

길지.

....

그렇게 금방 망하지 않아.

세계는, 하고 덧붙이자 나나가 말했다.

그렇게 길게 망해가면 고통스럽지 않을까.

단번에 망하는 게 좋아?

아니.

그럼 길게 망해가자.

망해야 돼?

그렇게 금방 망하지는 않겠다는 얘기야.

음식 준비를 하느라 고되었는지 소라와 나나는 금세 졸기 시작했다. 어두운 불빛으로 일렁이는 천장을 바라보았다. 제사상의 동쪽과 서쪽 모서리에 놓인 두개의 촛불이 사방 벽에 빛의 얼룩을 만들어내고 있었다. 촛농이 바직거리며 탔다. 소라와 나나는 조용히 숨을 쉬고 있었다. 고요했다. 불이 꺼지면 공간도 아주 꺼져버릴 것 같은 적막. 어릴 때부터 나는 이와 같은 것을 봐온 듯한 기분이 들었다.

네가 머물고 간 그 방을 생각했다.

그 방은 여태 있을까.

내가 그 방을 알기 전에도 수십년 동안 있어왔으므로 여태도 있을 것이다.

그렇게 믿고 있다.

다시 가보게 되는 날도 있을까.

너를 다시 만나게 되는 날이 있을까.

다시 만나게 되는 날에 너는 나를 사랑스럽다고 여겨줄까.
그래서 어느날엔 내가, 태어나길 잘했다고 말하게 되는 순간이 올까.

너를 본 지 오래되었다.

娜娜

꿈을 꾸었습니다.

잠에서 깨고 보니 창밖에 거대한 달이 떠 있었습니다.
커다란 창인데도 창에 다 들어오지 않을 정도로 거대한 달이 떴습니다. 이불 속에 앉은 채로 하얀 달빛을 받으며 달을 바라보다가 달이네,라고 하자 너울너울 달이 움직입니다. 수면에 뜬 달처럼 여러겹의 동심원으로 일렁거리는 것입니다. 간지러워 웃는 것 같고 칭얼거리는 것 같기도 하고 애교를 부리는 것 같기도 하다가 맑고 잠잠한 달로 돌아옵니다. 희한하네,라고 중얼거린 순간 안쪽에서 배를 주욱 밀어내는 느낌에 정말, 깨고 말았습니다.
방은 어둡고 따뜻합니다.

누군가 덮어준 담요가 몸에 감겨 있습니다. 언제 잠들었는지도 모르게 잠들었던 모양입니다. 아기가 다시 한번 배꼽 아래쪽을 길게 걷어찹니다. 요즘은 밤에 움직입니다. 내가 움직이는 낮 동안엔 숨을 죽이고 있다가 밤에 이쪽에서 숨을 죽이면 그때 비로소 움직입니다. 가끔은 너무 움직여서 오늘밤처럼 나나를 깨우기도 합니다. 그런 날엔 밤새 서너번은 같은 일이 반복되기 때문에 수면이 고르지 않고 몸이 피곤합니다. 요즘엔 그래서 잠들기 전에 배꼽 부근에 손을 올리고 엄마는 졸리다, 이제 자야겠으니 너무 움직이지는 마라,라고 말합니다. 나나는 이제 나나를 엄마라고 칭하는 일이 늘었습니다. 엄마라고 자칭하는 일에 상당히 익숙해졌습니다. 희한합니다. 나나가 나나를 엄마라고 자칭할 때마다 불편을 느끼는 듯하던 소라도 요즘엔 나나의 배에 손을 올리고, 엄마가 이렇게 융통성 없는 사람이라서 니가 잘 다루어야겠다,라고 말하곤 합니다. 그것도 어느정도는 희한한 일입니다.

꿈에 본 달을 생각합니다.

이것은 몇번째 태몽인지 모르겠습니다. 수줍은 듯 일렁이던 달을 생각하자 묘하게도 가슴이 미어집니다. 그렇구나, 생각합니다. 가슴이 미어진다는 것은 이런 말이었구나. 여러개의 매듭이 묶이는 느낌. 가슴이 묶이고 마는 느낌.

그나저나 정말 큰 달이었지.

언제고 정말 달이 그 정도로 다가온다면 지구는 망하겠지.

달이야 아름답겠지만 나나도 지구도 역시, 망하겠지.

언젠가 나나는 세상이 끝나는 날에 그런 달을 보게 되는 광경을 상상한 적이 있습니다. 마지막으로 그런 달을 볼 수 있다면 세상의 끝이라는 것도 나쁘지는 않을 테지, 그렇게 생각한 적이 있는 것입니다.

하지만 최근엔 똑같은 것을 두고 그렇게 태평하게 생각할 수는 없습니다. 언제라도 세계는 끝나버릴 것 같고 그 순간이 모두에게 처참할 것 같아 위태롭고 불안합니다. 소중하다고 여기는 마음이 늘었기 때문인지도 모르겠습니다. 그런 것을 늘려버린 바람에, 나나는 예전보다 약해졌는지도 모르겠습니다.

천만년이면 나나가 십만명.

나나가 십만번은 반복되는 정도의 시간.

십만번이나 반복되는 나나,라니 뭔가 징그럽지만 그 십만번 안에서 나나는 웃거나 할 테지. 웃거나 울거나 화를 내거나 그리워하거나 두려워하거나 수줍거나 토라지거나 의기소침, 다시 웃거나 울거나 기뻐하거나 기다리거나 할 테지.

천만년.

인간은 공룡이 아니므로 공룡보다는 빠르게 끝나버릴지도 모르겠습니다.

공룡보다도 느리게 끝나는 경우라는 것도 있을지 모르겠네. 어느 쪽이든, 세계가 끝나는 순간이란 천천히 당도할 것이므로 나나에게는 이것저것 제대로 생각해볼 시간이 있을 것입니다. 아직은 있는 것입니다.

애자는 요즘도 밤에 전화를 걸어옵니다.

가엾게도.

애쓰지 마.

의미있는 것은 아무것도 없어.

덧없어.

아무래도 좋을 일과 아무래도 좋을 것.

목숨이란 하찮게 중단되게 마련이고 죽고 나면 사람의 일생이란 그뿐,이라고 그녀는 말하고 나나는 대체로 동의합니다. 인간이란 덧없고 하찮습니다. 하지만 그 때문에 사랑스럽다고 나나는 생각합니다.

그 하찮음으로 어떻게든 살아가고 있으니까.

즐거워하거나 슬퍼하거나 하며, 버텨가고 있으니까.

한편 생각합니다.

무의미하다는 것은 나쁜 걸까.

소라와 나나와 나기 오라버니와 순자 아주머니와 아기와 애자까지 모두, 세계의 입장에서는 무의미할지도 모르겠습니다. 무의미에 가까울 정도로 덧없는 존재들인지도 모르겠습니다.

그래서 소중하지 않은 걸까, 생각해보면 도무지 그렇지는 않은 것입니다.

아기는 이제 잠잠합니다. 소라도 오라버니도 잠을 자느라고 편안하게 숨 쉬고 있습니다. 모두 잠들었습니다. 어둠속에서 그들의 기척을 듣습니다. 오래지 않아 날이 밝을 것입니다.

계속해보겠습니다.